Paola Predicatori
Der Regen in deinem Zimmer

atb aufbau taschenbuch

Paola Predicatori, geboren in Senigallia (Marken), ist Buchhändlerin und lebt in Mailand. »Der Regen in deinem Zimmer« ist ihr erster Roman.

Als Alessandra mit 17 ihre Mutter verliert und allein mit der Nonna zurückbleibt, scheint ihre Welt stillzustehen. Wütend gegen das Leben, das einfach so weitergeht, verbannt sie sich selbst in die letzte Bank neben Gabriel, genannt Zero, den Klassen-Loser. Wie eine unnahbare, einsame Schneekönigin zieht sie sich zurück in die eisigen Weiten »Zerolandias«, wo nichts und niemand ihre zerbrechlichen, zärtlich-schmerzhaften Erinnerungen stört. Schon gar nicht der schweigsame Zero, der sie ebenso ignoriert wie den Unterricht und nur vormittagelang auf seinem Allzweckblock herumkritzelt. Bald stellt Alessandra jedoch fest, dass ihr Banknachbar ein begnadeter Zeichner ist und hinter seiner verschlossenen Miene sehr viel mehr Einfühlungsvermögen besitzt als die meisten ihrer Mitschüler.

Wahrhaftig und poetisch erzählt Paola Predicatori die Geschichte eines unerträglichen Verlustes und einer zarten, linkischen, vielleicht unmöglichen Liebe.

PAOLA
PREDICATORI

Der Regen in deinem Zimmer

Roman

Aus dem Italienischen
von Verena von Koskull

atb aufbau taschenbuch

Die Originalausgabe mit dem Titel
Il mio inverno a Zerolandia
erschien 2012 bei Rizzoli, Mailand.

FSC
www.fsc.org
MIX
Papier aus verantwortungsvollen Quellen
FSC® C083411

ISBN 978-3-7466-3071-7

Aufbau Taschenbuch ist eine Marke der Aufbau Verlag GmbH & Co. KG

1. Auflage 2015

Die deutsche Erstausgabe erschien 2012 bei Aufbau,
einer Marke der Aufbau Verlag GmbH & Co. KG

Umschlaggestaltung Mediabureau Di Stefano, Berlin
unter Verwendung eines Motivs von © Marc Owen/arcangel images
Druck und Binden CPI books, Leck, Germany
Printed in Germany

www.aufbau-verlag.de

Für meine Mutter,
jeden Tag meines Lebens

Der Strand, leer, endlos. Kein Raum mehr, sondern die Schiefebene der Zeit, auf der die Erinnerung gleitet.

Ausschnitte von Dingen und Menschen tauchen auf, die Einstellung ist unstet, oft verschwommen. Eine junge Frau mit einem kleinen Mädchen auf dem Arm. Die Frau streichelt dem Mädchen zärtlich übers dunkle Haar und küsst es auf die Schläfe. Das Gesicht des Mädchens, dann das der jungen Frau. Der Wind weht ihr das Haar ins Gesicht. Sie lächelt, bewegt die Lippen. Sie sagt etwas zu dem Mädchen, doch es gibt keinen Ton, nur Stille. Und Zeit. Alles erscheint und verschwindet in diesem geneigten, fernen, unerreichbaren Raum. Der Strand, die Wolken, die wandernde Frau. Plötzlich ist nichts mehr zu sehen.

Meine Mutter

Ich kann mich noch genau an den Tag erinnern, als ich beim Klauen erwischt wurde. Ich war acht oder neun Jahre alt, und es war in einem dieser kleinen Supermärkte um die Ecke, in denen man von den Kassen aus sämtliche Gänge im Blick hat. Im Schreibwarenregal hatte ich einen herzförmigen rosa Radiergummi entdeckt und konnte nicht widerstehen. Sofort war eine der Kassiererinnen da und sagte, ich solle damit herausrücken, sie habe mich genau gesehen. Ohne sie anzusehen, gab ich ihr den Radiergummi und flitzte davon.

Es ist genau die gleiche Angst wie damals. Das Herz, das wild zu pochen beginnt, ein betäubender Lärm, der von der Brust in die Ohren steigt, so dass man sein eigenes Wort nicht mehr versteht. Plötzlich ist alles überdeutlich. Ich habe jede Kleinigkeit noch vor Augen. Die Kassiererin trug einen dunkelroten Rock und schwarze Mokassins. Neben den rosa Herzradierern lagen blaue Schlampermäppchen. Die Leute an der Kasse drehten sich zu mir um. Ich rannte davon, und mein Herz barst fast vor Schreck. Während ich nach Hause lief, verwandelte sich die Angst in Scham, und ich beschloss, niemandem davon zu erzählen.

Als meine Mutter erfuhr, sie habe Nierenkrebs, war die jähe Angst wieder da: Sie drückte mir die Luft ab, schoss mir ins Blut und zerriss mir das Herz. Meine Mutter war siebenunddreißig und hieß Anna. Zwei Jahre später war sie tot.

In der Angst zu leben ist schlimmer als jeder Albtraum, das

weiß ich jetzt; die ganze Zeit über hat meine Mutter so gelebt, mit diesem Todesgedanken, Tag für Tag, Stunde um Stunde. Sie fing an, die kleine Bettleuchte die ganze Nacht brennen zu lassen und die Fensterläden nicht mehr zu schließen. Sie sagte, unsere Wohnung sei dunkel, es komme nicht genug Licht herein. Im Kampf gegen die Dunkelheit nahm sie die Wohnzimmervorhänge ab und begann, die einst so geliebte Nacht zu hassen.

Ich hatte nie eine klassische Mutter-Vater-Kind-Familie. Meine Mutter und Nonna, meine Großmutter, sind alles, was ich an Familie hatte. Mein Großvater starb, als ich noch klein war, meinen Vater habe ich nie kennengelernt. Er ging, als meine Mutter schwanger wurde. Jetzt sind wir nur noch zu zweit, und an die Zukunft zu denken macht mir Angst.

Zu den Erinnerungsstücken aus meiner Kindheit gehört ein Videofilm, den mein Großvater an meinem dritten Geburtstag gedreht hat, an dem wir zugleich den Uniabschluss meiner Mutter feierten. Der Film steht in meinem Zimmer im Regal. Seit sie gestorben ist, habe ich ihn mir oft angesehen. Da gibt es eine Sequenz, als ich gerade die Kerzen auspusten will: Meine Mutter steht hinter mir, vor uns auf dem Tisch thront ein riesiger Kuchen. Ich balanciere auf einem Stuhl, und sie umfasst meine Taille. Sie sagt mir etwas ins Ohr, irgendetwas, das man eben zu kleinen Kindern sagt, etwa: Schau mal, was für ein schöner Kuchen. Der Ton ist miserabel, aber daran lässt sich leider nichts ändern, meinte ein Techniker, dem ich den Film brachte. Ich lege ihr eine Hand an die Wange, ohne die Torte vor mir aus den Augen zu lassen. So unwahrscheinlich es klingen mag, an diesen Moment erinnere ich mich. Jedes Mal, wenn ich ihn mir ansehe, denke ich das Gleiche: dass die

Zeit nie vergangen ist und ich noch dort bin, die Stimme meiner Mutter an meiner Wange. Das ist mein einziger Wunsch. Zurückkehren. Die Zeit anhalten.

Nach der Diagnose wurde sie notoperiert, und sofort begannen die Therapien, doch alle Ärzte, die sie untersuchten und ihre Krankenakte in die Hände bekamen, meinten, es gebe keine Hoffnung und sie hätte nicht mehr lange zu leben. Niemand konnte uns sagen, wie lang, manche sagten Monate, andere sagten gar nichts. Weil sie jung war, wurde die Behandlung fortgesetzt. Meine Mutter wollte von Anfang an im Bilde sein, und als wir alle Bescheid wussten, begann eine Achterbahnfahrt von ungewisser Dauer. Als würde einem das Herz ausgewrungen.

Ich erfuhr es von meiner Großmutter. Tags darauf bin ich nicht zur Schule gegangen – ich war sechzehn und in der elften Klasse – und den übernächsten auch nicht. Als meine Klassenkameradinnen Sonia und Barbara anriefen, erfand ich eine Ausrede und bat sie, den Lehrern zu sagen, ich sei krank und käme bald wieder. Den Krebs meiner Mutter erwähnte ich nicht, ich wollte mich nicht ihren Fragen aussetzen und es sollte nicht die Runde machen. Zum ersten Mal hatte ich erwachsen gehandelt: Ich hatte geschwiegen, um sie zu schützen, um hohlen Verlegenheitsfloskeln und sinnlosem Gerede zu entgehen und zu begreifen, was eigentlich gerade geschah. Meine Mutter nahm mich ebenfalls beiseite, und ich hoffte inständig, dass man mir meine Angst nicht ansah. Sie setzte alles daran, gefasst zu wirken, doch die Schatten unter ihren Augen und ihre angespannte Miene sprachen für sich. Sie sagte genau das, was ich schon von Nonna wusste, aber als ich das Wort Krebs aus ihrem Mund hörte, schossen mir die Tränen in die

Augen. Sie nahm mich fest in die Arme und sagte, es gebe Therapien und mit mir zusammen würde sie es schaffen. In dem Moment wurde aus *mir wir* und ihr Krebs wurde zu meinem. In jenen Tagen barst mein Kopf vor Fragen: Die Symptome? Hatte sie wirklich nichts bemerkt? Wann hatte alles angefangen? Warum hatte sich niemand über ihren plötzlichen Gewichtsverlust gewundert? Wieso bemerkte sie immer alles, wenn es um mich ging, aber ich, die ich sie doch liebte, hatte mir keine Gedanken um sie gemacht? Wenn man jemanden liebt, sollte man sich doch um ihn kümmern! Und wenn meine Liebe derart verantwortungslos war, hatte ich sie dann vielleicht nicht genug geliebt?

Meine Mutter und ich hatten nie viel geredet, und daran änderte sich auch während ihrer Krankheit nichts, aber wir fingen an, uns mit Blicken zu suchen, einander die Hand zu drücken, wenn wir zusammen einen Film anschauten, und uns still zuzulächeln, ein inniges Lächeln, angefüllt mit einer Hoffnung, die uns niemand gegeben hatte. Meine Großmutter war stets zur Seite und unterstützte meine Mutter in allen Entscheidungen, bis hin zur letzten. Während der ganzen zwei Jahre habe ich meine Großmutter nie weinen sehen. Manchmal erschien sie mir wie ein anderer Mensch, angefüllt mit einer Kraft, die aus früherem Schweigen in fernen, jungen Jahren rührte und nun wieder zum Tragen kam.

Wenige Tage vor der OP konnte ich nicht mehr an mich halten und erzählte es meinen Schulfreundinnen. Als es so weit war, bekam ich einen Haufen SMS und Mails, auch von Leuten, von denen ich seit einer Ewigkeit nichts gehört hatte. Ich hatte niemandem gesagt, dass es kein heilender Eingriff sein würde, und all diese vor Leben und Zuversicht strotzenden Nachrichten hatten zur Folge, dass ich mich jedes Mal beherrschen musste, das Handy nicht an die Wand zu pfeffern. Als ich ein paar Tage später wieder in die Schule kam, war der Sensationseffekt bereits abgeflaut. Alle erkundigten sich, wie die OP gelaufen sei, wie es meiner Mutter gehe, und das war's. Als ich einige Zeit darauf abermals fehlte, fragte niemand mehr nach. Meine Freundinnen hörten auf, mich zu besuchen, und ich besuchte sie nicht mehr. Mit der Ausrede, in solchen Situationen lasse man einen Menschen besser in Ruhe, wurde es leer um mich. Die beiden folgenden Jahre verbrachte ich wie unter einem Schatten. Klausuren, Prüfungen, Samstagabende in der Disco, Schwimmbad, Stadtbummel, aber in allem, was ich tat, war meine sterbende Mutter. Ihr Tod war überall: im Rucksack zwischen den Schulbüchern, in den rosig klaren Frühlingsabenden, aber vor allem in ihrem mutlosen, wissenden Blick. Ich weiß noch, dass ich jeden Tag wünschte, sie würde es entgegen allen Prognosen schaffen: Wir hätten noch Zeit und hätten gelernt, sie nicht zu vergeuden und das, was wir uns zu sagen hatten, nicht aufzuschieben.

Wenn jemand mich fragte, was ich von diesen zwei Jahren erinnere, würde ich antworten, nichts Besonderes: die Gesten, das Lächeln, die kleinen Alltäglichkeiten. Das ist das Leben, das habe ich jetzt begriffen. Nicht die Dinge zählen, sondern die Augenblicke. Ich glaube, selbst meine Art zu atmen hat sich verändert: Ich habe gelernt, die Luft anzuhalten, als hätte ich die ganze Zeit unter Wasser verbracht und nur darauf gewartet, wieder nach oben zu kommen. Und ständig war da die Angst.

Ich kann mich an einen Film erinnern, in dem eine Frau kurz vorm Sterben ihre Töchter zu sich ruft und jeder einzelnen eine Art Abschiedsrede hält. Meine Mutter tat nichts dergleichen. Das Einzige, was sie bis zum Ende nicht müde wurde mir zu sagen, war, dass sie mich liebte und dass ich das Schönste sei, was ihr im Leben widerfahren sei. Wenn wir zusammen waren, musste ich ihr viel erzählen, von der Schule, von meinen Freundinnen, davon, was ich einmal machen wollte. Und dann, gegen Ende, als sie schon sehr schwach war, bat sie mich einfach, mich zu ihr aufs Bett zu setzen. Dann streckte ich mich neben ihr aus und nahm ihre Hand oder sie legte mir ihre aufs Haar und wir schlummerten ein, als könnten wir der Zeit noch Zeit stehlen, Schleichwege und Fluchten schaffen.

Sie starb eines Morgens, als ich in der Schule war. Schon seit einigen Tagen war sie nicht mehr aufgestanden. Der Arzt hatte die Morphindosis erhöht, und sie schlief fast nur noch. Sie sprach kaum, und hielt man ihre Hand, drückte sie sie nicht mehr. Ich wollte an dem Tag nicht zur Schule, aber Nonna zwang mich. Sie meinte, ein paar Stunden Ablenkung täten mir gut und wenn etwas sei, würde sie mich sofort anrufen. Als mein Handy summte und ich den Namen meiner Großmutter auf dem Display sah, wusste ich, was kommen würde. Ich sagte der Lehrerin, ich müsse sofort nach Hause, und rannte, ohne jemanden anzusehen, hinaus. Noch immer kann ich mir nicht verzeihen, an dem Tag nicht daheimgeblieben zu sein. Nicht da gewesen zu sein. Während ich wie eine Irre auf meinem Motorroller nach Hause raste und mir sagte, es könne nicht wahr sein, wurde mir klar, dass ich nie wirklich geglaubt hatte, dieser Moment könnte eintreten. In den zwei langen Jahren hatte ich mich daran gewöhnt, sie krank zu sehen, und irgendwann angefangen zu glauben, es würde immer so bleiben. Als ich sie daliegen sah, reglos, den Mund halb geöffnet, die Arme schlaff zu beiden Seiten, überfiel mich wieder die Angst und saugte mich aus. Natürlich hatte ich manchmal überlegt, wie es sein würde, sie tot zu sehen, aber selbst in jenem Augenblick, den grausig banalen Tod vor Augen, konnte ich es nicht fassen. Mit angehaltenem Atem ging ich zum Bett und starrte in ihr lebloses Gesicht, dann griff ich ihre Hände, drückte sie, rief sie, beugte mich zu ihr hinab, küsste sie und legte meine Stirn gegen ihre. Meine Großmutter stand in der Tür und wisperte mit tränenüberströmtem Lächeln: Sie ist nicht mehr da. Sie war nicht mehr da. Der Boden tat sich unter mir auf und die Angst presste mich an ihre Brust, bis ich nur noch den Pesthauch ihrer Lungen atmete. Meine Mutter war nicht mehr da.

Zu ihrer Beerdigung kamen außer Nonna und mir noch Angela und Claudia, die Uraltfreundinnen meiner Mutter. Für den Grabstein hatte ich ein Foto ausgesucht, dass ich an meinem letzten Geburtstag von ihr gemacht hatte: Sie lächelte mich an, und eine dichte dunkle Haarsträhne fiel ihr in die Stirn. Sie war wunderschön, wenn sie lächelte. Es war ein Herbsttag und die Sonnenstrahlen des Spätnachmittags ließen alles noch trostloser erscheinen. All dieses goldene Licht. Nonna und ich konnten uns nicht in die Augen sehen. Wir waren verstört und wehrlos. Wir hatten zu viele Hände gedrückt, den schweren Duft der vielen Blumen geatmet. Von der Kirche erinnere ich knarrende Bänke, gedämpftes Flüstern und ein durch Tränenschleier und Sonnenbrille wahrgenommenes Wirrwarr von Gesichtern. Als alles vorbei war, hakte ich meine Großmutter unter und wir verließen wortlos den Friedhof.

In den folgenden Tagen machten wir uns daran, ihre Sachen zu ordnen, auch wenn wir kaum den Mut dazu hatten. Sämtliche Kleidungsstücke, die monatelang über den Stuhllehnen in ihrem Schlafzimmer gehangen hatten, wurden gewaschen, zusammengefaltet und in ihren Schrank geräumt. Das Bett wurde neu bezogen, die Fensterläden angelehnt. Meine Großmutter engagierte eine Frau, die uns zur Hand gehen sollte. Eigentlich war das nicht nötig, doch ich glaube, sie konnte Mamas Zimmer nicht betreten, ohne dass der ganze Schmerz dieser zwei Jahre über sie hereinbrach. Signora Rosa schien in ihrem Leben nichts anderes gemacht zu haben, als trauernden Familien unter die Arme zu greifen. Sie tat alles ganz sacht. Sie brühte meiner Großmutter einen heißen Tee und überredete sie, sich aufs Sofa zu legen und ein bisschen fernzusehen. Die ganze Zeit über erkundigte sie sich kein einziges Mal, wie die Sachen meiner Mutter zu ordnen seien, sondern fragte lediglich Dinge wie: Würden sich die Zimmerpflanzen an einem sonnigeren Platz nicht wohler fühlen? Sollte sie die Fußmatte im Eingang ausklopfen? Ehe sie das Bett in Mamas Zimmer machte, flüsterte sie mir zu, es sei besser, erst ein bisschen zu lüften. Dabei nahm sie meine Hand und sah mich mit dem aufrichtigen Mitgefühl eines Menschen an, der den Schmerz anderer nicht fürchtet. Sofort wurde das Zimmer von kühler Luft erfüllt, doch den Geruch nach Medikamenten und Tod habe ich bis heute in der Nase. Meine Großmutter blieb im Wohnzimmer und starrte gramerfüllt in die Buchenkrone vor dem Fenster. Ich zeigte Rosa, wo alles hingehörte. Ich war die Priesterin, die still über den Tempel wachte, gerade so, als könnten meine Großmutter und ich aufwachen, wenn ich allzu laut redete, und merken, dass meine Mutter tot war.

27. September

Heute ist der erste Schultag nach dem Tod meiner Mutter. Ich steige die Treppe zu meinem Klassenraum hinauf und spüre, wie mich alle anstarren. Ich bemühe mich, möglichst normal zu wirken, obgleich ich mich fühle, als hätte die Welt mir mein innerstes Geheimnis entrissen. Im Flur laufe ich ein paar Klassenkameradinnen über den Weg, die mich mit Säuselstimmen und Teddybärblicken grüßen, doch ich tue so, als würde ich sie nicht sehen. Vor der Tür steht eine Gruppe Jungs. Zwei davon sind in meiner Klasse und sagen mir linkisch hallo. Einer macht einen halben Schritt auf mich zu, aber als ich stur geradeaus weitergehe, gesellt er sich wieder zu den anderen. Umso besser, auf Verlegenheitsfloskeln kann ich verzichten. Kaum betrete ich den Klassenraum, wird mir klar, dass dies der letzte Ort auf der Welt ist, an dem ich heute sein will. Ich atme tief durch und habe das Gefühl, Lichtjahre weit weg zu sein. Der Tod meiner Mutter hat mich zu einem Riesen gemacht: Von hier oben erscheinen alle Menschen bedeutungslos und völlig gleich. Da sind meine Schulkameraden, noch immer jemandes Söhne und Töchter, alle in den gleichen Klamotten, mit den gleichen Gesichtern, die nicht wissen, was sie sagen sollen. Ich wünschte, sie wären tatsächlich Fremde, dann müsste ich sie wenigstens nicht grüßen. Sonia sitzt schon an unserem Tisch, sieht mich an und versucht zu lächeln. In der Kirche hat sie Rotz und Wasser geheult. Mir wird schlecht, wenn ich dran denke. Uns trennen nur noch wenige Schritte und schon ahne ich, wie sie mir tagelang ihr süßliches Mitgefühl aufdrängen und sich in die Rolle der sorgenden Trösterin stürzen wird. Das ist nicht okay, ich habe die Kraft nicht, niemand kann ernsthaft von mir verlangen, dass ich das alles ertrage. Wie angewurzelt stehe ich mitten im Klassenraum, als wäre die Zeit stehengeblieben. Es gibt genau zwei Fluchtmöglichkeiten. Die erste ist, auf dem Absatz kehrtzumachen und zu gehen. Über die zweite muss ich nicht einmal nachdenken, ich habe sie direkt vor mir, als wäre sie urplötzlich aus dem Nichts aufgetaucht. Langsam steuere ich auf meinen Platz zu, doch statt mich zu setzen, gehe ich weiter. Ich kann es nicht fassen: Noch ehe ich richtig kapiere, was ich tue, lasse ich den Platz neben Sonia links liegen und gehe zur Bank in der letzten Reihe.

Ich nähere mich dem Nichts und ziehe sämtliche Blicke auf mich: Die halbe Klasse hält den Atem an und traut ihren Augen nicht, während ich in Zeitlupe die letzten Meter bis zur verbotenen Zone zurücklege und mich setze. Alle starren mich mit offenem Mund an, vor allem Sonia.

Gabriele Righi alias Zero. Wir, ich inklusive, nennen ihn so, seit er einmal während der Pause eine Schublade am Lehrerpult aufgebrochen hat, um sich sein Handy wiederzuholen, das ihm die Mathelehrerin abgenommen hatte. Als die Lehrerin eine Viertelstunde später wieder hereinkam, meinte sie, jetzt bekäme er einen Schulverweis, er würde fliegen, und zwar mit null Punkten, Zero! »Wer?«, fragte er ganz blöd zurück, und sie war sich nicht zu dämlich zu antworten: »Du hast mich genau verstanden, Righi! Eine glatte Sechs, Zero.« – »Keine Ahnung, wer das ist, dieser Zero«, hatte er ungerührt gekontert, und sie hatte zurückgefaucht: »Du, Righi, du bist Zero!« Wie eine Horde Affen hatten wir hinter vorgehaltener Hand losgekichert, wohl wissend, dass die Lehrerin zu weit gegangen war. Aber wer hätte so einen schon verteidigt? Von dem Tag an war er für alle nur Zero, und die Legende war geboren.

»Ciao, Gabriele«, würde ich gern sagen, aber ich sage nichts und setze mich. »Ciao, Alessandra«, könnte er sagen, aber er sagt nichts, denn er ist Zero.

Er war das Gesprächsthema, wenn es kein besseres gab, obwohl wir eigentlich kaum etwas über ihn wussten und das, was wir wussten, ziemlich trüb war: Er wohnte in einer der Mietskasernen hinterm Bahnhof, im trostlosesten Viertel der Stadt. Der Vater hing mehr an der Flasche als an seiner Familie und arbeitete nur, wenn er gerade mal nüchtern war. Die Mutter malochte für zwei, was ihr von ihrem Mann immer wieder derart heftig gedankt wurde, dass selbst der Notarzt beeindruckt war, weshalb, so hieß es, sich jetzt das Sozialamt um sie kümmerte. Außerdem – ein unverzeihlicher Verstoß gegen die Hofetikette – trug Zero keine Markenklamotten, und als Krönung war er auch noch dabei beobachtet worden, wie er bei den Dealern auf dem kleinen Platz hinter der Schule Gras kaufte, was bei meinen Klassenkameraden, die sich samstagabends bis zum Abwinken mit Pillen und Alkohol zudröhnten, als völlig uncool galt. Mit so einem redete man nicht, und wenn man es tat, war man eine arme Sau, die sonst nirgendwo landen konnte. Niemand von uns hatte ihn je zusammen mit jemandem aus der Schule gesehen. Kurz, Zero war allenfalls für ein paar Lacher und gegen die gröbste Langeweile gut. Er war x-mal in der Nachprüfung gelandet und mindestens einmal hängengeblieben, und jedes Jahr hofften die Lehrer aufs Neue, er würde nicht mehr auftauchen. Doch er kam wieder, mit dem üblichen

Rucksack und dem verschlossenen Blick eines Menschen, der nur in Ruhe gelassen werden will. Zwei Jahre lang hatten wir ihn hereinkommen und sich auf den immer gleichen Platz setzen sehen und, ohne zu wissen, warum, darüber gelacht. Er sah uns noch nicht einmal an und ebenso wenig die Lehrer, die eine Erklärung für nicht gemachte Hausaufgaben verlangten und ihn schweigend anstarrten, wenn er im mündlichen Test auf keine der Fragen eine Antwort wusste. Es war das letzte Schuljahr, und womöglich ließen sie ihn sogar durchkommen, damit er sich irgendwo anders ausschwieg. Man konnte noch so viel Kohle haben und der Beste, Schönste und Hipste der Klasse sein, gab man sich mit Zero ab, war man eine Null. Wenn man gewisse Dinge tut, ist es, als würde man eine Maske aufsetzen, hinter der man verschwindet und nichts mehr wert ist.

Als ich mich setze, bin ich wie betäubt. Meine Ohren rauschen, mein Herz pocht, und ich habe nicht den blassesten Schimmer, weshalb ich das tue. Wut? Schmerz? Nein, der Schmerz ist es nicht, ich weiß noch nicht mal, wie er inzwischen aussieht, dieser Schmerz, und wo er sich verkrochen hat. Nach deinem Tod kann nichts mehr so sein wie vorher, ich bin der Zauberlehrling, dem niemand helfen kann. Es ist weder Selbstkasteiung, noch sind es Schuldgefühle, aber etwas ist geschehen, das Leben hat sich verändert und ist zu etwas geworden, mit dem man nicht gerechnet hat, weil so was immer nur anderen passiert. Doch diesmal hat es einen selbst erwischt, und man muss etwas unternehmen, die Gewissheiten abschütteln, am Lack der fraglosen Selbstverständlichkeiten kratzen, sich an das Unvorhersehbare gewöhnen, an den irren Kobold, den man in sich hat und der nur darauf wartet, plötzlich loszukreischen.

Sobald ich sitze, geht mir auf, dass ich nicht ganz bei Trost sein muss: Bis vor wenigen Monaten wäre ich in meinen kühnsten Träumen nicht darauf gekommen, so etwas zu tun, nicht einmal im Drogenrausch. Und jetzt hocke ich hier, zugedröhnt mit einem Cocktail aus Traurigkeit und einer lächerlichen Prise Wahnsinn, und der Countdown läuft: drei, zwei, eins, Zero.

So beginne ich mein letztes Schuljahr damit, einen Strich zwischen mir und den anderen zu ziehen. Zwischen mir ohne dich und dem Rest der Welt.

Als ich neben Gabriele Platz nehme, sieht er noch nicht einmal auf. Vollkommen reglos sitzt er da und verzieht keine Miene. Womöglich denkt er, ich drehe am Rad, weil ich meine Mutter verloren habe, sollte die Nachricht bis zu seinem Planeten vorgedrungen sein. Ich frage ihn nicht um Erlaubnis, es kommt mir gar nicht in den Sinn, dass meine Gegenwart ihn stören könnte. Ich setze mich und basta. Ab jetzt sind wir Ale und Gabriele, wie zwei Namen in einem Herz.

Noch immer glotzt mich die ganze Klasse sprachlos an, irgendjemand prustet los, als hätte ich den größten Witz aller Zeiten gelandet. Ich höre jemanden flüstern: »Ist die verrückt geworden?«, und dann nehmen alle ihre Plätze ein und der Unterricht beginnt. Die Lehrer, die sich an diesem Vormittag die Klinke in die Hand geben, werfen mir einen flüchtigen Blick zu, aber bis auf das eine oder andere kurze »Schön, dass du wieder da bist«, sagen sie nichts. Nur Sonia dreht sich während der Mathestunde mit aufgerissenen Augen zu mir um und macht mir Handzeichen, die so viel heißen wie, was machst denn du für 'ne Scheiße? Ich sehe sie an, hebe fragend das

Kinn, schüttle den Kopf und tue so, als verstünde ich nicht. Als es zur Pause klingelt, schlüpfe ich hastig und ohne jemanden anzusehen, hinaus, gehe zuerst aufs Klo und dann ans hinterste Ende des Flurs, wo die unteren Klassen sind und ich niemanden kenne. Ich lehne mich neben dem Fenster an die Wand, bleibe zehn endlos lange Minuten so stehen und versuche dabei an nichts zu denken. So könnte ich bis zum Ende des Schuljahres stehen bleiben und dann Ciao, ihr Lieben. Ilaria, Barbara, Sonia. Ich will niemanden mehr sehen. Niemanden. Ich will, dass alles anders ist, auch wenn ich nicht weiß, wie. Wer sagt, das Leben geht weiter, ist ein Idiot. Nein, das Leben bleibt stehen. Die Zeit geht weiter, aber das Leben kommt immer wieder zum Stillstand und wird zu etwas völlig Fremdem. Das auf der Stelle Stehen und Warten ist das Schwierigste daran. Heute habe ich beschlossen, mich in die hinterste Bank zu setzen und zu warten. Ich leiste Widerstand, ich will nicht, dass mein Leben irgendwie ohne dich weitergeht.

Als ich nach dem Klingeln zurück in die Klasse komme, hat jemand meine Schultasche auf meinen alten Platz neben Sonia gestellt. Mit Wucht knalle ich sie zurück auf Zeros Tisch. Wieder starren alle mich an, doch Zero sieht kaum zu mir auf und bückt sich nur, um einen Stift aufzuheben, der durch die Erschütterung hinuntergefallen ist. »Na kommt, Mädels, lassen wir sie in Ruhe«, flüstert Ilaria. Genau, kümmert euch um euren Kram. Als die letzte Stunde um ist, raffe ich hastig meine Sachen zusammen und mache mich grußlos aus dem Staub. Auf dem Weg an meinem alten Platz vorbei werfe ich Sonia einen flüchtigen Blick zu, und sie grüßt mich wie immer, wie man es mit Verrückten eben macht, als wäre es ein ganz normaler Morgen gewesen und dies nur ein momentaner Aussetzer, an den wir uns irgendwann tränenselig Arm in Arm auf der Bettkante ihres weißen Ikea-Jugendzimmers zurückerinnern würden.

Bye-bye, my friend.

Am Nachmittag gehe ich ins Schwimmbad, und im Wasser schaffe ich es endlich, mich zu entspannen. Einzig in dieser flüssigen blauen Masse gelingt es mir, an nichts mehr zu denken und die anderen Schwimmer neben mir zu vergessen.

Ich liebe das Wasser. Der Funke sprang über, als ich zwölf war, und das ist meiner Mutter zu verdanken. Damals hatte ich eine Freundin namens Cecilia, ein zierliches, ruhiges Mädchen, mit dem ich mich sehr gut verstand. Eines Tages, als ich zu ihr ging, um mit ihr Hausaufgaben zu machen, war gerade eine Freundin aus ihrem Tanzkurs dort. Sie redeten über die Tanzaufführung, und auf dem Bett lag ein rosa Tüllröckchen, das ihre Mutter extra für sie genäht hatte. Begeistert stürzte ich mich darauf, betrachtete es hingerissen und fragte, ob ich es anprobieren dürfe, ohne ihren alarmierten Blick und das boshafte kleine Lächeln ihrer Freundin zu bemerken. Mit einem verlegenen Lachen nahm sie mir den Rock aus der Hand und sagte, ich würde ihn nur ausleiern. Ich schämte mich furchtbar, vor allem, weil die Freundin mich anglotzte, als wäre ich ein Walross. Ich hatte Cecilia und mich nie als dünn und dick gesehen, wir waren Freundinnen, was zählte es da, wie wir aussahen? Was hatten unsere Körper damit zu tun?

Als ich nach Hause kam, brach ich noch in der Haustür in Tränen aus. Meine Mutter konnte mich nicht trösten. Von dem Tag an war ich offiziell dick, obgleich ich wegen des Alters und der Hormone allenfalls ein wenig pummelig war. Selbst meine

Zöpfe, die ich mir jeden Morgen mit Hingabe flocht, um ordentlich auszusehen, kamen mir plötzlich fett vor.

Als meine Mutter mir das Schwimmen vorschlug, grauste mir bei der Vorstellung, mich der Welt im Badeanzug zu zeigen, doch schließlich willigte ich beklommen ein. Außer Kugelstoßen wollte mir kein passender Sport für mich einfallen. Ich weiß nicht, was das Wasser mit mir anstellte, doch es funktionierte. Ich begriff sofort, dass mit Badekappe und Schwimmbrille jeder hässlich ist und dass – viel wichtiger noch – das Wasser meinen Körper aufnahm und seine Widerstandskraft auf die Probe stellte, ohne ihn zurückzuweisen. Man musste sich, statt auf die Form, auf die Bewegung konzentrieren, und schon fühlte man sich zu Hause. Das Wasser liebte mich, und ich erwiderte diese Liebe. Mir gefielen die Schwimmer, die stetig und bedächtig eine Bahn nach der anderen zogen, als wären sie in der Karibik und täten die schönste Sache der Welt. So wollte ich mich auch fühlen. Selbstvergessen in einer einzigen, endlosen Bewegung.

Wie jedes Mal gleite ich, ohne anzuhalten, durch das Wasser, konzentriere mich auf den Atem, auf die bläulichen Bläschen, die sich bei jedem Schwimmstoß bilden. Ich stelle mir vor, die Schwimmbeckenwände würden plötzlich verschwinden: Endlich kann ich unter Wasser atmen und schwimme davon, ohne noch einmal aufzutauchen.

20. Oktober

Mein Platzwechsel liegt jetzt fast einen Monat zurück, und von Zero kein Lebenszeichen. Ihm wäre es auch egal, wenn ich mich auf seinen Schoß setzte.

Rund eine Viertelstunde nach mir trudelt er in der Schule ein, knallt seinen Eastpack-Rucksack, der schon bessere Zeiten gesehen hat, auf den Boden, verschränkt, ohne sich die Jacke auszuziehen, die Arme auf dem Tisch und legt den Kopf darauf. Ich sehe nur seinen von dichtem, braunem Haar bedeckten Nacken und rieche den Geruch nach Kälte, der seiner Jacke entströmt, die, wie die Obergiftspritzen der Klasse immer wieder gern betonen, seine Mutter ihm für fünfzehn Euro beim Asia-Shop gekauft hat, ein Fake – die echte trägt nur, wer sie geklaut hat oder sie sich leisten kann. Ich habe eine. Ein Geschenk meiner Mutter. Als sie sie mir gab, bin ich ihr vor Freude um den Hals gefallen und sie hatte lächelnd den Kopf geschüttelt, als wäre ich verrückt geworden, und gesagt: Die muss aber eine ganze Weile halten. Jetzt weiß ich, dass sie mein ganzes Leben lang halten muss.

Mathe, Italienisch und Geschichte. Als es zur Pause läutet, bin ich so müde, dass ich am liebsten nach Hause gehen würde. Ich will gerade aufstehen, als Gabriele sich plötzlich zu mir umdreht und mich nach einer Zigarette fragt. Ich bin kurz davor, ihn das noch einmal sagen zu lassen, um sicherzugehen, dass ich es mir nicht nur eingebildet habe. Ich rauche sehr wenig wegen der Schwimmerei, aber Zigaretten habe ich immer, weil es mich nervt, danach zu fragen. Hoffentlich sieht er mir nicht an, wie baff ich bin. Ich bücke mich nach meinem Rucksack, hole das Päckchen raus und halte es ihm gespielt gleichgültig hin. Ich muss mich nicht umdrehen, um zu wissen, dass alle uns anglotzen. Als er mir das Päckchen wiedergibt, stopfe ich es in den Rucksack und gehe hinaus. Kaum bin ich auf dem Flur, versuche ich, in der Menge zu verschwinden. Hat er danke gesagt? Ich weiß es nicht, vielleicht, mit einem kleinen Nicken. Und selbst wenn, er hat mich nicht einmal angesehen. Wo geht der rauchen? Auf dem Klo? Im Hof? Keine Ahnung. Zero.

Ich schlendere zu meinem üblichen Fenster und fange an, nicht nachzudenken. Ich starre auf immer denselben Baum, folge den Linien der Äste, betrachte die letzten gelben Blätter: meine Zen-Pause.

25. Oktober

Gabriele Righi alias Zero. Es scheint ihm wirklich scheißegal zu sein, wie wir ihn nennen und was wir über ihn denken. Seit ich mich auf null gestellt habe, finde ich auch, dass es allein im Abseits gar nicht so schlecht ist, und habe nicht mehr das geringste Bedürfnis, über Klamotten, Jungs oder sonstigen Schwachsinn zu reden. Sonia lässt nicht locker und versucht noch immer, mich von meiner einsamen Insel wegzulotsen, sie hat einfach noch nicht begriffen, dass sie mich damit immer weiter in die Flucht schlägt. Doch zu meinem Leidwesen hat sie offenbar beschlossen, dass ich ihre beste Freundin und, seit ich sie meide, auch ihre Mission bin; mit dieser Jeanne d'Arc werde ich es nicht gerade leicht haben. Sie redet mit sämtlichen Mädels über mich, schreibt mir E-Mails und dämliche SMS, lässt mich von wildfremden Leuten zu Partys einladen, auf die ich nie gehen würde. Mir fällt beim besten Willen kein Grund ein, weshalb ich mich vorher mit ihr abgegeben habe. Ich ertrage sie nicht mehr, dabei habe ich ihr stundenlang zugehört, wenn sie von süßen Jungs, ihren Tanzstunden, den Problemen mit ihrer superblonden, superschlanken, superneurotischen Mutter und ihrem supertollen, superwortkargen, superschlauen Vater geredet hat. War das geheuchelt? Nein, ja, vielleicht, ich weiß es nicht mehr.

Jetzt bin ich in Zerolandia. Neues Land, neue Leute, zwei, um genau zu sein, ich und Gabriele Righi, der einzige Original-Zero, alleiniger Herrscher über ein leeres Königreich,

Gabrieles Mutter wird beschrieben

unfreiwilliger Hofnarr einer Klasse, die keine Gelegenheit auslässt, sich auf seine Kosten auf die Schenkel zu klopfen. Und er macht mit, hat uns nie enttäuscht. Wenn er von den Lehrern aufgerufen wird, drehen sich alle in Erwartung der unvermeidlichen Show zu ihm um. Wenn er Lust hat, steht er auf, sieht aus dem Fenster und sagt sein übliches »Ich habe nicht gelernt«, oder, noch besser, er kriegt den Hintern nur halb hoch, lässt mit aufgestützten Ellenbogen sein Sprüchlein los und lässt sich wieder auf den Stuhl fallen. Die Lehrer glotzen ihn an, und er starrt zurück. Sie schütteln den Kopf, er zuckt die Achseln. Wundersamerweise schellt es dann manchmal, dann steht er auf, ohne sich die Note überhaupt anzuhören – Righi, du kriegst eine Sechs, Righi, damit rasselst du durch, Righi, das nächste Mal wanderst du zum Rektor –, und verlässt den Raum, um sich in den Gärten Zerolandias, das heißt im Schulhof, die Beine zu vertreten, ein Häftling beim Hofgang. An die Mauer gelehnt, raucht er seine Zigarette und lässt den Blick schweifen. Er redet mit niemandem und niemand mit ihm, und das nicht, weil er einen üblen Ruf hat oder gemeingefährlich aussieht. Ein Blick von ihm genügt, um zu wissen, dass man nicht erwünscht ist und besser Leine zieht. Von seiner Familie habe ich nur einmal die Mutter gesehen, Geschwister scheint er nicht zu haben. Righi ist tatsächlich ein Einzelstück. Es war vor ungefähr zwei Jahren während der Elternsprechstunde: eine kleine Frau mit magerem Gesicht und dunklen, sanften Augen. Sie trug viel zu weite schwarze Hosen und einen dunkelblauen, mindestens zwei Nummern zu großen Pulli. Ihr Haar steckte unter einer dunklen Zopfstrickmütze, die ebenfalls aussah, als gehörte sie einem männlichen Familienmitglied. Mit gesenktem Kopf lehnte sie an der Flurwand, und nur wenn jemand vorbeikam, sah sie mit einem schüchternen Lächeln auf, um ihre Befangenheit zu überspielen. Sie hatte eine dieser Plastikhandtaschen, wie sie die Marokkaner auf dem Markt verscheuern, und presste sie ganz fest an sich, als müsste sie sich daran festklammern. An dem Tag war auch meine Mutter mit, und als sie merkte, wie ich zu der Frau hinüberstarrte, ermahnte sie mich. »Was hab ich denn jetzt schon wieder gemacht?« – »Man glotzt die Leute nicht so an.« – »Das ist die Mutter von dem Sitzenbleiber«, sagte ich, wie um mich zu rechtfertigen. »Na und?« Ihr Ton erlaubte keine Widerrede. »Ich mach doch gar nix«, blaffte ich zurück. »Außerdem glotzen alle die an.« – »Ein Grund mehr, es nicht zu tun, stell dir vor, du wärst an ihrer Stelle.« Was für ’ne Stelle?, dachte ich, doch es hatte keinen Sinn, weiterzustreiten. Wieder blinzelte ich hinüber. Offenbar war sie nicht besonders gut dran: Die Tasche, die Kleidung, die Schuhe, alles sah nach alten Leuten aus, doch sie wirkte nicht alt, sondern einfach nur arm. Ich musterte meine Mutter und all die anderen Wartenden. Wie soll man sich eigentlich nicht unwohl fühlen, dachte ich, wenn man sein Leben mit dem der anderen vergleicht und feststellt, dass man es am schlechtesten erwischt hat?

Als wir eintraten, um mit der Mathelehrerin zu reden, kam sie mit und setzte sich zur Italienischlehrerin. Ich hörte, wie sie von Gabriele sprach und meinte, er sei ein lieber Junge, nur sehr verschlossen, er verstehe sich nicht gut mit seinem Vater. Ihre Stimme klang sanft, und man merkte, dass sie ihn sehr liebte. Schweigend hörte sie zu, was die Lehrerin über Gabriele zu sagen hatte: Er lerne nicht, er schwänze oft, die Schule sei ihm völlig egal. Ich sah sie an und fragte mich, weshalb sie gekommen war. Sie machte nicht den Eindruck, als würde sie gleich nach Hause gehen, sich ihren Sohn vorknöpfen und ihm sagen, das Taschengeld ist gestrichen oder es gibt kein Auto mehr. Sie tat mir leid, sie sah so aus, als hätte sie nichts und niemanden. Als die Lehrerin mit ihrer Tirade fertig war, hörte ich, wie Gabrieles Mutter sie bat, es noch einmal mit ihm zu versuchen, es brauche Geduld, doch er sei ein kluger Junge und könne sehr gut zeichnen, ob sie seine Zeichnungen gesehen habe? Als die Lehrerin zurückbellte, Zeichnungen würden einen im Leben nicht weiterbringen und die ganze Schule, Hausmeister inklusive, seien mit ihrer Geduld am Ende, litt ich mit ihr mit. Ich hörte, wie sie der Lehrerin entschuldigend beipflichtete und sich wie ein geprügelter Hund davonschlich. Als wir das Lehrerzimmer verließen, stand sie in der Eingangshalle, einen Zettel in der Hand. Sie kam auf uns zu und fragte, in welchem Klassenzimmer der Kunstlehrer zu finden sei. Dabei hielt sie sich die Hand vor den Mund. Ich bemerkte, dass sie ganz kaputte Zähne hatte, und es versetzte mir einen Stich: Ich schämte mich, mir all das üble Geschwätz über Gabriele angehört zu haben.

Ich sehe, wie Sonia mit Ilaria redet, inzwischen hängen sie dauernd zusammen. Besonders lustig finde ich daran, dass Ilarias Ex-Busenfreundin, die schnuckelige blonde Barbara, geschasst wurde, weil sie es gewagt hatte, einen Typen aus der Dreizehn anzugucken, den Ilaria toll fand. Ilaria hat sie vor der Schule zusammenstehen sehen, und binnen Stunden war die Freundschaft wegen Hochverrats beendet: Jungs gehören der, die sie zuerst sichtet, und nicht der, die sich traut. Doch bei Sonia braucht sich Ilaria keine Sorgen zu machen, die ist nicht so hübsch wie sie, also gibt es keinen Konkurrenzdruck. Bis vor ein paar Monaten haben sie sich inbrünstig gehasst, doch jetzt sind sie offenbar ganz dicke, bis zum nächsten Jungen oder zur nächsten Party, wo eine der beiden eine blöde Bemerkung macht und die andere zu Tode beleidigt ist. Barbara ist dafür jetzt immer mit Silvia zusammen. In der Klasse heißen sie nur das schräge Paar, was nicht neckisch, sondern gehässig gemeint ist, weil Barbara hübsch und Silvia alles andere als das ist. Keiner weiß, wie es zwischen den beiden gefunkt hat, denn Silvia ist nicht nur ziemlich unsympathisch, sondern sieht auch noch scheiße aus, und normalerweise gibt sich Barbara nicht mit hässlichen Leuten ab, wie sie selbst einmal unter gellenden Pfiffen und den schmachtenden Blicken einiger hoffnungsloser Verehrer, die wohl noch bis zur Rente von ihr träumen werden, erklärt hat.

Deshalb liebe ich Zerolandia. Die einzige Regel, die es zu respektieren gilt, ist eisernes mönchisches Schweigen. Will man sich verständlich machen, dann nur mit Zeichensprache oder dem Morsealphabet. Jede Nachricht, jeder Laut aus dem Rest der Welt bricht sich an den Landesgrenzen und erreicht einen wie ein Windstoß, der über Ödland geht.

I love Zerolandia.

31. Oktober

Mündliche Abfragung Englisch. Ich melde mich freiwillig, und es läuft super: Auf sämtliche Fragen zur Romantik weiß ich die richtige Antwort. Gestern Nachmittag bin ich beim Nachdenken über Mary Shelley und all ihre Geister richtig schwermütig geworden. Während ich vorne an der Tafel stehe, schiele ich ein paarmal zu Gabriele hinüber. Er sieht aus dem Fenster, wer weiß, woran er denkt. Als ich auf meinen Platz zurückkehre, liest er einen Comic und sieht nicht einmal auf, als ich versehentlich gegen das Tischbein remple. Als würde ich nicht existieren und es gäbe ringsum nichts und niemanden.

Nicht einmal mit den Hausmeistern habe ich ihn je ein Wort wechseln sehen. Er macht nie mit, wenn die anderen Jungs über Fußball reden, und gönnt er einem doch einen etwas längeren Blick, ist es, als sähe er von seinem Thron im größten und düstersten Saal seines Zerolandia-Schlosses angeödet auf einen hinab.

In Zerolandia regierte ein schweigsamer, argwöhnischer König, der die Grenzen seines Reiches noch nie überschritten hatte. Er hatte niemals Krieg erklärt. Ein rätselhafter König, der keinerlei Wünsche hegte …

Quatsch, irgendwas muss er doch mögen. Ich frage mich oft, woran er während des Unterrichts denkt, Tag für Tag hinter diesen Tisch geklemmt, ohne jemanden, mit dem er zwei

Worte wechseln kann. Vielleicht hört er sogar manchmal zu, vielleicht dringt aus der Wörterflut, die sich über ihn ergießt, das eine oder andere zu ihm durch. Er zeichnet viel, in Kunst ist er sehr gut, und das finde nicht nur ich. Der Lehrer hat ihn einmal aufgefordert, einen Kollegen zu karikieren. Er hat sich die grantige, dicke Mathelehrerin ausgesucht. Auf seiner Zeichnung klemmte sie mit ihrem fetten Hintern zwischen Pult und Tafel fest, die Kreiden balancierten auf ihrem riesigen Dekolleté, und der Schwamm steckte wie ein pochendes Herz zwischen ihren Mordstitten. Wir haben alle gelacht, vor allem der Lehrer, der ihn lobte, die Zeichnung in der Hand, und ihm dabei direkt in die Augen sah. Dann sagte er noch einmal und nur für ihn: »Sehr gut, Gabriele.« Sofort wurde das Gerücht in die Welt gesetzt, der Lehrer sei schwul und scharf auf Righi. Wir alle wussten, dass das nicht stimmte und es reiner Neid war; es ist nun einmal schwer zu ertragen, dass einer mit dem Spitznamen Zero ein Talent hat und etwas kann, während man selbst stundenlang über den Büchern hängt und nichts dabei rauskommt.

Als er mich vor ein paar Tagen nach der Zigarette fragte, habe ich mich fast gefreut. Ich dachte schon, es wäre eine Ausrede, um mich anzuquatschen, aber seitdem hat er kein Wort mehr von sich gegeben. Er wollte wohl doch nur eine Kippe.

Noch herrscht in Zerolandia Schweigen.

5. November

Heute ist Zero nicht gekommen. Niemand redet mit mir, und ich vertrete meinen König. Ich döse vor mich hin und tue so, als schriebe ich mit. Nur bei Italienisch werde ich wieder wach und stelle sogar ein paar Fragen: Offenbar bin ich die Einzige, die *Der Fänger im Roggen* schon durch hat. Dieses Buch ist zu meiner Bibel geworden. »Wenn mich nur niemand kannte und ich auch keinen Menschen kannte. Ich dachte mir aus, dass ich mich taubstumm stellen würde. Auf diese Weise brauchte ich keine verdammten, blöden, nutzlosen Gespräche mit irgendjemandem zu führen.« Wäre vielleicht sogar was für Zero, ich könnt's ihm leihen.

Gestern habe ich den ganzen Nachmittag gelesen, und als Rosa kam, habe ich uns allen Tee gemacht. Wenn Rosa da ist, kommt wieder Leben ins Haus. Ich helfe ihr bei der Wäsche und leiste ihr beim Bügeln Gesellschaft. Meine Großmutter wirkt in letzter Zeit ständig müde. Sie redet kaum und wenn, versucht sie unbeschwert zu wirken, doch es gelingt ihr nicht. Sie ist so angespannt, dass man fürchtet, sie könnte jeden Moment in Tränen ausbrechen oder zu schreien anfangen. Wahrscheinlich hat sie Rosa deshalb gebeten, zweimal die Woche zu kommen, das lenkt sie ab, und vielleicht kann sie sich bei ihr das Herz ausschütten; bei mir würde sie das nie tun.

Ich frage mich, was Gabriele macht, wie er wohl seine Tage verbringt, wenn er nicht zur Schule kommt. Vielleicht hat er eine Freundin und will seine Zeit lieber mit ihr verbringen.

Oder er zieht mit irgendwelchen kleinkriminellen Losern rum und lästert über die Schule. Ich stelle mir vor, wie er dasitzt, in seinem Block rumkritzelt und sagt, wir seien ein Haufen Rassisten und die Lehrer arme Säue, außerdem habe ein Mädel aus seiner Klasse, dessen Mutter gestorben ist, sich neben ihn gesetzt und mache nie den Mund auf. »Na, dann musst du ihr helfen«, sagt einer mit vielsagendem Machoblick. Alle grölen los. »Ich? Was kratzt mich das?«, kontert Gabriele, und ein anderer legt nach: »Versuch's doch mal, vielleicht findet sie die Sprache wieder. Sieht die wenigstens gut aus?« Wieder grölen alle, und Gabrieles Antwort geht darin unter. Ich sehe seine Freunde vor mir, wie sie lachen und blöde Witze machen, während er vor sich hin zeichnet und sie schon vergessen hat. Ich beneide ihn um dieses Können, mit dem er nie prahlt oder zu punkten versucht, um dieses in seinen geballten Fäusten verborgene Talent, die in den Taschen seiner Fünfzehn-Euro-Windjacke stecken. Wäre er nicht so autistisch drauf, würde sich vielleicht jemand für ihn interessieren. Er sieht noch nicht mal übel aus: ziemlich groß, kräftig, ohne plump zu sein, hellbraune Augen, schmaler, hübscher Mund. Einmal haben wir eine Klassen-Rangliste aufgestellt, so ein typischer Mädelsschwachsinn eben, und er ist bei zwölf Jungen auf einem glorreichen sechsten Platz gelandet. Natürlich hatte keine den Mumm zuzugeben, dass sie mit ihm was anfangen würde. Doch offenbar hat Zero das gar nicht nötig.

Als ich nach der Pause wieder in die Klasse komme, muss ich am Jungs-Trio Martini-Giacchetta-Luciani vorbei, den Schwachmaten vom Dienst, wie die Hyänen von Scar in *König der Löwen*, sie kichern herum und sind nicht zu überhören. Stumpfsinnig wiederholen sie zwei Namen, Zero und Zeta – das bin ich – und müssen darüber dermaßen lachen, dass sie mir leidtun. Mir gefällt mein Spitzname. Zeta, wie Catherine Zeta-Jones oder wie der griechische Buchstabe? Ist auch egal, bei dem Braindrain in dieser Klasse hätte es schlimmer kommen können. Nach ein paar Minuten höre ich sie gar nicht mehr. Ich versinke in der schützenden Stille von Zerolandia.

Zero und Zeta, das superkrasse Pärchen: der unsichtbare Junge und das Schattenmädchen, zwei echte Stimmungskanonen, so viel steht fest.

Unsichtbar

Das Grab meiner Mutter liegt neben dem einer jungen Frau namens Maria, die 1950 mit 28 Jahren gestorben ist. Auf dem Foto lächelt sie, den Kopf leicht nach links geneigt, die Finger sanft an die Wange gelegt. Bestimmt hat der Fotograf ihr die Pose vorgegeben. Wer weiß, vielleicht war das Bild für einen fernen Verlobten bestimmt.

Ich habe nie frische Blumen auf ihrem Grab gesehen, nur stets dieselben alten Plastikblumen, den Unbilden des Wetters ausgesetzt und inzwischen von einem undefinierbaren Staubgrau, Stengel inklusive. Also kaufe ich immer ein paar Blumen für sie mit. Vielleicht sind Marias Angehörige allesamt gestorben oder leben weit weg. Wie dem auch sei, inzwischen gehört sie fast ein bisschen zur Familie.

Über ihren Gräbern erhebt sich eine riesige Zypresse und breitet ihre dunkelgrünen Äste aus. Sie ist wunderschön und wunderbar feierlich. Doch das Schönste ist, dass Maria an Mamas Seite ist. Ich bezweifle, dass die Toten einander sehen können, aber ich weiß, dass meine Mutter an Marias Grab stehen geblieben wäre und sich gefragt hätte, wer sie war und woran sie gestorben ist.

Jeden Sonntag kommen meine Großmutter und ich auf den Friedhof. Keine von uns sagt ein Wort. Jede erfüllt ihre Aufgaben schweigend: Sie geht Wasser holen und wirft die verwelkten Blumen fort, ich stelle die frischen in die Vase und fege unter dem Grabstein.

Als ich noch klein war und mit meiner Mutter auf den Friedhof kam, um meinem Großvater guten Tag zu sagen, wie sie es nannte, war alles anders. Wir redeten und betrachteten die Statuen auf den alten Gräbern. Die hohen Zypressen hoben sich gegen das Blau des Himmels ab, die große Schirmpinie ragte über die Mauer zwischen Friedhof und Klostergarten, und es war überhaupt nicht traurig. Sterben erschien sanft wie die Blumen oder wie das Lächeln der Standbilder, die wir so gern mochten. Der Friedhof war kein einsamer Ort, und ich dachte, die Toten wären glücklich und nicht allein, sondern nur unsichtbar und hätten ihren Spaß.

Heute, da sie selbst unsichtbar ist, nehme ich stets den längsten Weg zum Friedhofsausgang und versuche in dieser stehengebliebenen Zeit etwas Neues zu entdecken.

Ich stelle mir Maria als eine fröhliche junge Frau vor, wie meine Mutter es war, die an einfachen Dingen Spaß hatte, zum Beispiel ins Kino gehen; damals sagte man wohl ins Filmtheater.

Manchmal stelle ich mir vor, wie sie schweigend zusammen spazieren gehen: Hin und wieder fährt sich meine Mutter mit der Hand durchs dunkle Haar, und Maria legt die Finger an die Lippen, verblüfft über ihr verlorenes Leben.

9. November

Nach drei Tagen ist Gabriele wieder in der Schule. Zu meiner eigenen Überraschung und offenbar nicht im Bilde darüber, was in meinem Hirn so vor sich geht, frage ich ihn, wieso er die letzten Tage nicht da war, gerade so, als hätten wir tags zuvor Stunden am Telefon verbracht oder wie alte Freunde auf Facebook gechattet. Er sieht mir direkt in die Augen, um zu kapieren, ob ich ihn auf den Arm nehme. »Und?«, bohre ich weiter. »Wieso warst du nicht da?« Damit er weiß, dass ich es ernst meine, versuche ich einigermaßen streng zu klingen und kassiere ein schroffes »Kümmer dich um deinen eigenen Scheiß«. Belämmert und kleinlaut sitze ich da. Wie konnte ich nur? Wie komme ich bloß auf die Idee, mich so weit vorwagen zu dürfen? Einen Tisch zu teilen bedeutet nichts, das habe ich bereits hinlänglich begriffen, und außerdem bin ich diejenige, die sich eingeladen hat. Es ist nur gerecht, dass er mir so antwortet und ich mich wie ein Volltrottel fühle. O Gott, wie peinlich! Ich schwöre mir, dass ich so etwas nie wieder tun werde. Nie wieder.

Sobald es klingelt, stehe ich auf und flüchte in den Hof. Ich stelle mich zu denen aus der Zwölf und höre zu, wie sie sich über Brust- und Nasen-OPs unterhalten. Irgendwann kommt Sonia auf mich zu, doch statt mich zu verdrücken, beschließe ich, mir heute ein kleines Schwätzchen zu erlauben. Aber wenn sie wieder mit dem üblichen »Was ist bloß mit dir los …« anfängt, kriegt sie eine gelangt. Stattdessen versucht sie, witzig zu sein und fragt mich verschmitzt, wie es im Süden so ist. Ich brauche einen Moment, bis ich drauf komme, was sie meint. »Im Norden, meinst du«, erwidere ich patzig, damit sie merkt, dass ihr Witz ziemlich daneben ist. In Zerolandia wird ein sehr viel feinsinnigerer Humor gepflegt, aber das kann sie nicht wissen. Als ich gerade weggehen will, taucht Lucio Micali aus der 13 C auf, legt mir von hinten einen Arm um die Schultern und sagt: »Prinzessin Zeta, willkommen zurück … nach den Abenteuern im barbarischen Feindesland endlich wieder unter uns.« Ich fahre herum, doch statt ihn anzublaffen, schenke ich ihm ein strahlendes Lächeln. Prinzessin Zeta gefällt mir, wieso sollte ich sauer sein?

Nach der Pause geht es mir besser, doch wieder an meinem Platz, fühle ich mich verdammt unwohl.

Am liebsten wäre ich unsichtbar, weit weg und ganz für mich, einfach so.

In deinen Augen

Über ein Monat ist seit deinem Tod bereits vergangen, und noch immer liegt der gleiche abwesende Ausdruck auf Nonnas Gesicht. Sie kocht, wäscht und tut all das, was sie immer getan hat, aber sie wirkt dabei wie jemand, dem man alles genommen und unsagbare Gewalt angetan hat: kummervolle Miene, zusammengepresste Lippen. Wenn ich nach Hause komme, bemüht sie sich, freundlich zu sein und erkundigt sich, wie es in der Schule war, aber man sieht, dass es ihr schwerfällt. Ich mache ihr keinen Vorwurf, im Grunde geht es mir nicht anders.

Jetzt, wo du nicht mehr da bist, erscheint alles, was ich früher gemacht habe, völlig sinnentleert, wie eine auswendig gelernte Rolle, die keine Improvisationen mehr zulässt.

Es tut weh, Nonna so zu sehen, ich fühle mich noch schutzloser und einsamer. Dass sie mich hat, macht die Sache nicht besser. Eine Tochter lässt sich nicht ersetzen, und auch wenn sie mich von Herzen liebt, ist es nicht dasselbe. Manchmal habe ich die Vision, sie hockt nach einer riesigen Überschwemmung auf einem Hausdach, ohne den Wunsch, gerettet zu werden, und voller Groll, überlebt zu haben, weil Wasser und Schlamm alles fortgerissen haben, was sie liebte. Sie macht mich so verdammt traurig, und diese Traurigkeit lässt sich nicht in etwas anderes, Gelinderes, Leichteres verwandeln, sie ist einfach nur starr und bleiern wie Stein. Ich würde ihr so gern helfen, aber weil ich es nicht hinkriege, wende ich den Blick ab. In ihrer

Angst spiegelt sich die meine, und ich will sie nicht sehen, will nicht in diesen verzauberten Spiegel stürzen. Also tun wir so, als wäre nichts, streichen an den Wänden unserer Einsamkeiten entlang und vermeiden es, einander anzusehen.

Du hast immer gesagt, Nonna und ich seien uns ähnlich. Die Prinzessinnen Sauertopf. So hast du uns genannt, wenn du nach Hause kamst und jede von uns in einer Ecke hockte und ihren Gedanken nachhing. Immer warst du diejenige, die die Schatten vertrieb und das Schweigen brach. Ich höre noch, wie sich der Schlüssel im Schloss dreht und du hereinkommst: Du stelltest die Tasche ab, machtest die Türen auf, fülltest die Räume mit deiner Stimme, nahmst Gesprächsfäden wieder auf, ließest Worte auf Worte treffen, zogst dir die Schuhe aus, hocktest dich aufs Sofa, als wolltest du deine und unsere Gedanken sammeln, und sahst uns an.

Dann fanden wir uns in deinen Augen, Nonna und ich, und uns ging auf, wie ähnlich wir uns waren.

16. November

Seit es vor ein paar Tagen kalt geworden ist, gehe ich nicht mehr so oft ins Schwimmbad. Wenn ich nichts zu tun habe wie heute, setze ich mich auf meinen Motorroller und fahre ans Meer, einfach so, allein, Wind in den Haaren, Sand zwischen den Zähnen und dieser Geruch, diese Farben, die mich trösten.

Von der Stadt bis zum Strand sind es rund drei Kilometer. Eine lange, von Seekiefern gesäumte Straße zieht sich durch den Park, und als ich ungefähr auf halber Strecke bin, fängt der Roller an zu schlingern, das Hinterrad macht Zicken. Auch das noch, ein Platter. Sofort kriege ich Schiss. Es wird schon dunkel, um diese Tageszeit sind im Park garantiert keine Pfadfinder mehr unterwegs. Viele Autos sind auch nicht zu sehen, und die, die vorbeikommen, bremsen ab und lassen mir das Herz bis zum Hals schlagen. Ganz langsam und ohne mich umzublicken, tuckere ich weiter auf meinem lahmen Blechgaul. Zwei Kilometer sind nicht gerade viel, aber sie kommen einem endlos vor, wenn an der Straße keine Häuser stehen und es schon dunkel ist. Irgendwann ertönt hinter mir das Geräusch von Motorrollern. Als sie mich überholen, drehen sich die beiden Fahrer zu mir um. Plötzlich hupt der eine und macht dem anderen ein Zeichen, zu bremsen. Ein ganzes Stück weiter vorn halten sie an, reden miteinander und blicken sich zu mir um. Dann wendet der linke seinen Roller und kommt auf mich zu. Und jetzt? Mein Herz pocht heftig, aber ich versuche ruhig zu bleiben, bremse ab und greife in die Tasche nach meinem Handy. Wenige Meter vor mir bleibt er stehen und schiebt das Visier hoch. Ich halte ebenfalls und sehe ihn an. Mein Herz schlägt zum Zerspringen, während ich das Handy fest umklammere. Schließlich nimmt er den Helm ab wie ein Filmbandit, der sich im spannendsten Moment die Maske herunterreißt und seine wahre Identität preisgibt. Mir bleibt der Mund offen stehen und fast will ich mir vor Überraschung die Augen reiben. Stiller denn je steht vor mir Zero alias Gabriele Righi höchstpersönlich, mein stummer Caravaggio, mein einsamer Künstler. Reglos hockt er auf seinem klapprigen Roller und wartet darauf, dass ich etwas sage. »Ach, du bist es …«, stoße ich mit all der Luft, die ich angehalten habe, hervor. »Du hast mir vielleicht einen Schrecken eingejagt.« Ich lächle. Endlich kann ich mich entspannen. »Ich hab einen Platten. Kannst du mir helfen?« Ich sehe ihn flehentlich an, was offenbar Wirkung zeigt, denn ohne ein Wort zu sagen, steigt er bedächtig von seinem Roller, klappt den Ständer herunter und hockt sich neben mein Hinterrad. »Hast du Spray?«, fragt er, ohne aufzusehen. Ja, aber ich weiß nicht, wie man es benutzt. Ich klappe den Sattel hoch und halte es ihm hin, den Rest erledigt er. Zehn Minuten später ist mein Reifen fast wie neu. Die Erleichterung spritzt mir aus allen Poren. Ich bedanke mich tausendmal. Achselzuckend fragt er mich nach einem Taschentuch. Beim Wühlen nach dem Kleenex-Päckchen stoße ich auf die Zigaretten. Ich biete ihm eine an, doch er schüttelt den Kopf und greift nach den Taschentüchern. Während er sich sorgsam die Hände abwischt, wirft er mir ein paar flüchtige Blicke zu. Das ist nicht die übliche Gleichgültigkeit aus der Schule, er scheint tatsächlich ein bisschen befangen zu sein.

Ich sehe zum Park hinüber. »Um diese Zeit sollte man hier besser nicht unterwegs sein«, sagt er plötzlich ernst und wirft das Taschentuch in den Straßengraben. »Ich war ja auch grad auf dem Weg nach Hause, aber dann …« Ich tippe mit dem Fuß gegen den Reifen. Einen Moment lang starren wir beide verlegen auf meinen Roller, als könnte er sich ebenfalls dazu äußern, dann sehen wir uns wieder an. Jetzt, wo uns nicht die ganze Klasse im Nacken sitzt, ist es anders. »Na dann«, sage ich, »danke für die Hilfe, echt.« Ich lächele zaghaft. »Kein Problem«, sagt er und geht rückwärts zu seinem Roller, und zum ersten Mal lächelt er auch. Kein breites Lächeln, das über das ganze Gesicht geht, sondern ein nettes, kleines, verständnisvolles, das mich wärmt. »Danke noch mal«, wiederhole ich, »wir sehen uns morgen in der Schule.« – »Okay«, sagt er, dreht sich um und steigt auf. Er lässt mich losfahren und bleibt hinter mir, bis wir in der Stadt sind. An einem Kreisverkehr hupt er mir zweimal zu. Als ich in den Rückspiegel schaue, sehe ich, wie er grüßend die Hand hebt und wieder kehrtmacht.

Den ganzen Abend denke ich an ihn, als wäre er der Mann meiner Träume, der heute zum ersten Mal mit mir geredet hat. Auch als Angela und Claudia anrufen, um zu hören, wie es mir geht, bin ich mit den Gedanken woanders und antworte einsilbig und zerstreut. Ich fühle mich albern und euphorisch zugleich. Gefällt er mir, oder gefällt mir nur, dass er nett zu mir war? In Zerolandia wirbeln die Trommeln: Das heilige Gesetz des Schweigens ist gebrochen.

Gabriele hätte dir gefallen

Ganz bestimmt. Seine Mutter hast du mal bei der Elternsprechstunde gesehen, sie hat uns gefragt, wo der Kunstlehrer sei, weißt du noch? Ja, er hätte dir gefallen. Du standest auf solche Typen, die sich einen Scheiß um die anderen scheren und ständig Gegenwind kriegen, aber unversehens einen Bleistift aus ihrer Billigjacke ziehen und dir die Welt aufs Papier zaubern. Du hättest ihm gesagt, dass du den Winter magst, und dir die Stadt an diesen ganz besonderen kalten Abenden zeichnen lassen, wenn sich die Lichter auf dem regennassen Asphalt spiegeln. Dir hätte er es nicht abgeschlagen, du wusstest, wie man jemanden rumkriegt. Ich bin sicher, du hättest dir die Stadt gewünscht, ganz allein für dich, auf einem Blatt Papier, und dann hättest du ihm gesagt, wie begabt er ist, mit vor Bewunderung glänzenden Augen. Von Herzen. Ich mag den Ausdruck nicht, aber bei allem, was dich betrifft, finde ich keinen besseren.

Solche Dinge waren genau nach deinem Geschmack: Menschen mit Ecken und Kanten, Überraschendes, Kurioses. Du kanntest keine Berührungsängste und bei einem wie ihm hättest du keine Zeit verloren. Du hättest ihn charmant mit Fragen überhäuft, ohne Skepsis und alberne Vorurteile. Vielleicht hättest du ihn gleich ins Kino oder auf einen Ausflug eingeladen. Wie damals, als ich dir von einem Jungen erzählte, der mir gefiel, und du ganz selbstverständlich meintest, ich solle ihn zum Mittagessen einladen. So einfach gehe das nicht, hatte ich dich angezischt, es gebe da gewisse Umgangsformen – ich, die große Expertin –, so wie du mache man das nicht. Manchmal konntest du dich so sehr für etwas oder jemanden begeistern und hattest eine derart unverblümte Art, es zu zeigen, dass ich mich für dich geschämt habe, vor allem, wenn meine Freundinnen zu Besuch waren. Ich wollte eine ganz normale Mutter haben, die sich raushält, doch stattdessen schienst du alles dranzusetzen, mir das Gegenteil zu beweisen und zu zeigen, wie anders du warst. In solchen Momenten hasste ich dich und redete mir ein, es sei allein deine Schuld, dass mein Vater nicht bei uns geblieben war. Wie sollte man es mit einer wie dir auch aushalten? Wenn meine Freundinnen wieder weg waren, stritten wir uns und du quittiertest meine Vorhaltungen mit einem verächtlichen Schnauben, als wäre ich der langweiligste Mensch der Welt. Was hab ich denn getan, sagtest du immer wieder, was hast du denn?, und je saurer ich wurde, desto mehr stellte deine Gelassenheit mich bloß. In den Tagen, die diesen Streits folgten, durftest du mich nicht einmal fragen, wie es in der Schule war. Aber wirklich beleidigt warst du nie. Selbst wenn das Vaterthema aufkam und ich dir meine geballten Blödheiten an den Kopf warf, hieltest du nicht dagegen, sondern zogst dich schweigend in dich selbst zurück. Einen Moment lang verlorst du dich in schmerzlichen, fernen Erinnerungen, zu denen ich niemals durchdringen würde, doch dann gewann deine bessere Seite wieder die Oberhand. Der Zorn erlag deiner Sanftmut und Heiterkeit, und du warst wieder wie immer, ein bisschen chaotisch und unfassbar liebevoll.

Hätte ich eine wie dich in meinem Alter getroffen, wäre sie meine beste Freundin geworden. Ganz bestimmt. Und bestimmt wäre ich mit ihr nachsichtiger gewesen.

Ich mochte deine Heiterkeit, auch wenn ich mich manchmal dagegen wehrte und so tat, als fände ich sie unsinnig und daneben. Meine Wut kam mir tiefgründig und berechtigt vor.

Wie sehr mir diese Heiterkeit jetzt fehlt. Genau wie die Freundin, die ich nie gefunden habe.

17. November

Trotz dem, was gestern passiert ist, habe ich beschlossen, dass Gabriele mich nicht interessiert. Allerdings habe ich mir heute eine enge Jeans und einen lila Pulli angezogen, der mir knapp über den Bauchnabel reicht. Es ist das erste Mal seit langem, dass ich beim Anziehen in den Spiegel sehe. Ich habe mich nie sonderlich sexy gefunden, aber die langen Haare und das Schwimmtraining machen sich ganz gut zusammen.

Als Gabriele kommt, hocke ich über einem Geschichtsbuch und löse die Aufgaben am Ende der Seite. Vorsichtig lächelnd sehe ich auf und grüße ihn leise, damit die anderen es nicht mitkriegen. Er setzt sich quer auf den Stuhl, mit dem Rücken zu mir, und benimmt sich genauso wie jeden Morgen. Ohne mich eines Blickes zu würdigen, stellt er den Rucksack ab und kramt den üblichen Notizblock hervor. Das Lächeln erstirbt mir auf den Lippen, und ich werde knallrot. Ich habe zwar nur geflüstert, aber er muss es trotzdem gehört haben. Mit einem Mal fühle ich mich elend und lächerlich wie noch nie und frage mich, ob das gestern wirklich er war. Nach der ersten brennenden Enttäuschung werde ich so wütend, dass ich ihm am liebsten ins Gesicht brüllen würde, was für ein Arschloch er ist. Den halben Vormittag brüte ich darauf herum und kriege nichts vom Unterricht mit. Ich hasse es, dermaßen blöd dazustehen; das wird er büßen.

Statt rauszugehen, bleibt er in der Pause einfach sitzen. Ich mache es ebenso und warte auf wer weiß was. Irgendwann kommt Pietro, der Sohn eines der reichsten Anwälte der Stadt zu unserem Tisch und bleibt genau vor mir stehen. Laut und deutlich, damit Gabriele ihn nicht überhören kann, lädt er mich für morgen Abend zu seiner Party ein: eine Megaparty in seiner Megavilla. Ich kann mir schon vorstellen, was das für ein Abend wird, aber weil ich dem Großen Zero eins auswischen will, sage ich: »Okay, danke für die Einladung«, und stammle irgendwas, das weder ja noch nein ist. Ich habe nicht die geringste Lust hinzugehen, aber auf keinen Fall will ich dem Caravaggio neben mir die Genugtuung verschaffen, ich sei eine arme Sau, die keiner mit dem Hintern anguckt. Doch er zeichnet seelenruhig weiter. Am liebsten würde ich mir seinen Allzweck-Block schnappen und aus dem Fenster schleudern. Doch so viel Aufmerksamkeit hat er nicht verdient.

Als der Morgen vorbei ist, stopfe ich mein Zeug in den Rucksack und ziehe grimmig und enttäuscht ab. Wieso habe ich eigentlich geglaubt, heute würde es anders sein? Was habe ich denn erwartet von einem, den alle Zero nennen? Ich bin echt so blöd, so verdammt blöd.

Aufzählung der Dinge in deinem Zimmer

Nach Hause zu kommen ist immer das Schwerste. Alles ist so still und ordentlich, als wäre die Zeit an jenem Tag stehengeblieben. Die Tür zu deinem Zimmer ist stets geschlossen. Rosa ist die Einzige, die hineingeht, um zu lüften. Nein, das stimmt nicht. Ich tue es auch manchmal.

Dein Morgenmantel hängt noch hinter der Tür, und unter dem Bett stehen deine alten Birkenstock. Im Schrank sind sämtliche Kleider bis auf eines: Ein hellblaues Seidenkleid mit gleichfarbiger Jacke. Du nanntest es dein Armani-Kostüm, auch wenn es keines war, und es stand dir großartig. Das ist nicht mehr da. Es sei dein Lieblingskleid, hattest du mir ein paar Wochen vor deinem Tod gesagt: »Das ist das schönste Kleid, das ich habe.« Ich kann mich zwar noch an die Worte erinnern, aber nicht an deine Stimme, und werde nie erfahren, ob du es nur so sagtest oder dabei an deinen Tod dachtest. Es war jedenfalls schrecklich, und ich musste wegsehen, um die Tränen vor dir zu verbergen, die ich einfach nicht unterdrücken konnte.

Rechts unten im Schrank steht deine Tasche mit all deinen Sachen darin: Portemonnaie, Terminkalender, mehrere Notizbücher, Stifte und alles andere. Das Handy natürlich. Alles ist noch da in der Tasche, wie beim letzten Mal, als du sie mit ins Krankenhaus nahmst. Danach wurde die Therapie eingestellt, wir brauchten nicht wiederzukommen, hieß es, für das, was noch getan werden könne, reiche eine Pflegerin aus. Viel war das nicht mehr: nur Warten. Danach hast du die Tasche nicht mehr benutzt. Manchmal greife ich hinein und berühre die Dinge darin, weil ich denke, dass ihnen noch etwas von dir anhaftet. Einmal habe ich auf deinem Handy angerufen und mir vorgestellt, wie du sagst: Hier ist Mama, Alessandra, wo bist du?

Neben der Tasche steht eine halbleere Parfumflasche. Ein Geschenk von mir, du mochtest es wahnsinnig gern. Deine Pullis riechen danach. Auf dem Nachttisch liegen die letzten Bücher, die ich für dich gekauft habe. Du hast sie nicht zu Ende gelesen. An der Kommode lehnt dein Gehstock. Ich setze mich oft in einen der Sessel am Fußende des Bettes und stelle mir vor, du schliefest. Dann sitze ich da und weiß nicht, was ich denken soll. Ich fühle mich wie dein Morgenmantel, deine Tasche, deine Schuhe.

Abgelegt von deiner Liebe.

21. November

Ich liebe den Winter, diese städtische Kälte voller Nebel und Regen, die mich schützend umfängt, aber das kann ich keinem sagen. Nur wer eine gesunde Liebe für Wärme, Sommer und Sandalen hegt, ist ausgeglichen, alle anderen müssen depressiv sein.

Inzwischen verbringe ich meine Nachmittage allein, und mir fehlt niemand. Righi lässt mich weiterhin die trostreiche Seite unserer frostigen Zweisamkeit in den öden Weiten Zerolandias spüren.

Im Ernst, ich glaube, meine Klassenkameraden hatten recht, Zero tickt nicht richtig und an manchen Tagen scheint er wirklich von einem anderen Stern zu sein: Zerolandia eben, wo Worte seit jeher verboten sind. Der Rest der Klasse redet dafür heute umso mehr, weil bald die alljährliche Party im Mouse steigt. In der Kneipe hängen sonst nur die ganz harten Drogis ab, aber zur Party ist sie dann plötzlich hip, und wer nicht hingeht, hat verschissen. Die Leute aus der Dreizehn, also wir, mieten das Lokal und kümmern sich um die Eintrittskarten, die an die halbe Stadt verscherbelt werden. Das Ergebnis ist ein Inferno aus zuckenden Leibern, krachlauter Musik und Leuten, die pennend in der Ecke liegen, auf den Toiletten vögeln oder in den schummrigsten Winkeln der Kneipe ins Koma fallen. Der Brauch will es, dass jedes Mädchen von einem Jungen begleitet wird, und so geht eine Woche vorher eine Männertreibjagd los, die die Gerüchteküche brodeln lässt und die unmöglichsten Pärchen hervorbringt: Weniger als die Hälfte überlebt den Abend, zwanzig Prozent bringen es auf einen Monat, und bescheidene fünf Prozent etablieren sich als ernsthafte Beziehung. Letztes Jahr bin ich nicht hingegangen, weil ich bei meiner Mutter sein wollte, aber dieses Jahr habe ich beschlossen, es um nichts in der Welt zu verpassen. Klingt blöd, ist aber so. Ich hab Lust, mir einen anzulachen, mich aufzubrezeln, mich abholen zu lassen, ein bisschen auf den Putz zu hauen und wer weiß was noch (ich meine natürlich Sex, Drogen kommen nicht in die Tüte).

Ich lasse die in Frage kommende männliche Fauna an meinem inneren Auge vorbeiziehen, doch die einzigen Jungs, die mir einfallen, sind zugleich die unmöglichsten. Zuerst Roberto. 13 A, drahtig und blond, Typ Hitlerjugend, gut erzogen, ruhig, trägt ausschließlich Kaschmirpullis, raucht nicht, trinkt nicht, spricht ganz leise. Fazit: mit so einem steht man im Labor und seziert Frösche. Dann ist da Luca. 13 B, normal gebaut, nicht besonders groß, Augen und Haare braun, immer zur Stelle, nett, aber nervig, will dauernd wissen, was man macht, mit wem man redet, wie viel man trinkt, der fürsorgliche Priestertyp eben. Bestimmt hat er schon sämtlichen Mauerblümchen der Schule zugesagt. Dann ist da noch Giovanni, höchster Schwierigkeitsgrad. 13 A, sportlich, dunkelbraune Haare, grüne Augen, klug und witzig, arrogant oder nett, je nachdem, wen er vor sich hat und was er von ihm will. Letztes Jahr hat er mir ein bisschen den Hof gemacht, wann immer ich vor der Schule mit einer aus meiner Klasse zusammenstand, war er nicht weit. Einmal hat er mich sogar gefragt, ob er mich auf seinem Motorrad mitnehmen soll. Der weiß, wie man mit Mädels umgeht, und ich wette, es gibt keine, die nicht im Grün seiner strahlenden Augen ertrinkt, wenn sie mit ihm redet. Natürlich kann so einer sich vor Verehrerinnen nicht retten, und die Gefahr, ein Tut-mir-leid-Süße zu kassieren und damit in aller Munde zu sein, ist verdammt hoch. Ich will zwar einen draufmachen, aber ganz in Ruhe, sozusagen, ohne größere Aufregung. Mit Giovanni steht man automatisch im Mittelpunkt, und das ist mir eindeutig zu viel. Gut möglich, dass ich auch dieses Jahr zu Hause bleibe, wir werden sehen. Noch sind ein paar Tage Zeit, vielleicht taucht auf den letzten Drücker noch jemand auf, der es genauso nötig hat wie ich.

22. November

Bis gestern war ich mir noch sicher, ich würde auch dieses Jahr zu Hause bleiben, doch heute in der Pause kam die Überraschung. Die Vorsehung hat es gut mit mir gemeint und mir Marco über die Füße stolpern lassen, den Mara aus der 13 C gerade geschasst hat. Nachdem er ein Jahr in einer On-Off-Beziehung mit ihr festsaß, die, wie böse Zungen behaupten, schon viel zu lange gedauert hat, hat er – so erzählte er mir – endlich den Absprung gekriegt und ein für alle Male Schluss gemacht. Wie genau dieser Absprung aussah, verrät er mir nicht, und es ist mir auch egal, ob wirklich Schluss ist. Einem geschenkten Gaul sieht man nicht ins Maul. Was hätte mir Besseres passieren können? Marco ist nett und kein Arschloch, und weil er noch immer verliebt ist, wird er sich nicht gleich um elf auf mich stürzen. Es ist zwar noch drei Tage hin, aber wir sind schon bei der Abendplanung: um sieben Aperitif am kleinen Platz, um neun Pizza und Bier bei Lucio. Dann auf ins Getümmel.

Während ich mit Marco rede, merke ich, wie Sonia mich ansieht. Vielleicht denkt sie, meine Depri-Phase ist vorbei und ich werde wieder normal. Doch meine Genesung ist noch weit hin und das, was sie für einen untrüglichen Fortschritt hält, nur ein kurzer euphorischer Moment. Würde sie öfter mit ihrem Vater, dem berühmten Psychiater, reden, wüsste sie, dass bei mir eine klassische bipolare Störung vorliegt. Dann könnte sie endlich Ruhe geben und aufhören, mir mit ihrem ständigen Geflöte auf den Geist zu gehen.

Was meinen erlauchten Banknachbarn, Seine Majestät König Zero angeht, fragt ihn mal wieder kein Schwein nach der Party, und soweit ich weiß, fordert er auch keine auf. Wer weiß, was er gesagt hätte, wenn ich ihn gefragt hätte. Während ich mit Marco rede, sieht Zero mehrmals zu mir rüber, das zweite Mal etwas länger, dann beugt er sich über seinen Allzweck-Block und kritzelt vor sich hin. Wetten, dass ich ihn heute zu einer Zeichnung inspiriere, meinem Porträt, am Ende? Ich muss grinsen: Zeta, die Muse, oder besser, die Mucksche. Als er das dritte Mal hersieht, gucke ich zurück. Unsere Blicke halten einander stand. Inzwischen redet Marco mit meinem rechten Ohr, ich will den Kampf nicht verlieren, doch schließlich gebe ich auf, Zero soll bloß nicht denken, ich wollte etwas von ihm. Ich rede noch ein paar Minuten mit Marco und begleite ihn in seine Klasse. Als ich zurückkomme, spielt Zero mit seinem Handy und beachtet mich nicht. Mal was Neues. Sein Block ist zugeklappt, ich kann nicht sehen, was er gezeichnet hat. Bestimmt nicht mich – wie komme ich überhaupt darauf? Ich bin kurz davor, ihn zu fragen, ob er auch auf die Party kommt, doch dann entscheide ich mich für die totale Gleichgültigkeit, und als es klingelt, stürze ich hinaus, bevor ich Mist bauen kann.

Auf dem zweiten Treppenabsatz bereue ich es schon: Fragen hätte nichts gekostet. Eine Abfuhr habe ich bereits kassiert, eine zweite hätte mich auch nicht umgebracht. Ich schaue mich um, doch er ist nicht zu sehen. Ich zögere einen Moment, dann lasse ich mich vom Pulk nach draußen spülen.

26. November

Am Anfang läuft alles wie erwartet: Erst der Aperitif oder besser die Aperitifs, dann Pizza, Bier und Verdauungsschnäpschen. Als wir ins Mouse kommen, sind wir schon recht angeheitert und machen fröhlich weiter, ich mit Wodka, Marco mit Tequila. Quatschend und trinkend stehen wir an der Bar, als plötzlich Mara auftaucht, mir einen vernichtenden Blick zuwirft und Marco etwas ins Ohr schreit. Sofort kriegen sie sich in die Haare, sie rauscht ab, er hastet hinterher und lässt mich wie eine Blöde an der Bar stehen. Als ich mich suchend nach einem bekannten Gesicht umblicke, umarmt mich jemand von hinten und raunt mir ein Ciao direkt in die Ohrmuschel. Ich muss mich nicht umdrehen, um zu wissen, wer es ist. Giovanni ist beschwipst, aber immer noch entschieden besser dran als ich. Er fragt mich, ob ich mich amüsiere und haucht mir mit seiner warmen Verführerstimme ins Ohr, er sei böse auf mich, denn er habe mit mir auf die Party gehen wollen, doch Marco sei ihm zuvorgekommen. Ich will ihm sagen, dass er ein Lügner ist, aber als ich mich umdrehe und ihm in die Augen sehe, gefällt mir diese Lüge plötzlich ziemlich gut. Er redet auf mich ein, sein Körper an meinen geschmiegt, seine Hände auf meinen Hüften, und ich bin wie hypnotisiert von seiner Stimme und diesem Parfum, das ich schon öfter an ihm gerochen habe und das perfekt zu seinem weißen Hemd und den grünen Augen passt. Der ganze Wodka in mir ruft ihm das zu, auch wenn es mich Mühe kostet, die Worte zusammenzukriegen.

Als er noch zwei bestellt, denke ich, dass ich besser aufhören sollte, doch kaum steht das Glas vor mir, leere ich es in einem Zug. Die Musik ist krachlaut, die Kneipe brechend voll, und Giovanni redet weiter, auch wenn ich nur die Hälfte mitkriege: Ich sei süß, aber zu schüchtern (?), und das, was mit meiner Mutter passiert sei, tue ihm leid. Mich überfällt der unerträgliche Gedanke, dass sie nicht mehr da ist, um bis tief in die Nacht aufzubleiben und auf mich zu warten, und ich habe Mühe, die Tränen zurückzuhalten. Die Traurigkeit, die ich mir mit Wodka vom Leib halten wollte, stürmt wie ein reißender Fluss, der über die Ufer getreten ist, auf mich ein. Das Einzige, was ich noch wahrnehme, ist die ohrenbetäubende Musik und Giovannis Körper, der mich fast erdrückt. Ich fange an zu schwitzen, mein Magen brennt. Energisch stoße ich ihn zurück und drängele mich auf der Suche nach einem Sitzplatz durch die Menge. Ich bin so betrunken, dass ich kaum einen Fuß vor den anderen setzen kann. Ich rempele zwei Jungs an, die mich unwirsch zurückschubsen, doch zum Glück ist Giovanni noch hinter mir, hält mich am Arm fest und führt mich zu einem der Sofas im hintersten Teil der Kneipe. Ich setze mich, lege den Kopf in den Nacken und schließe die Augen. Als ich sie ein paar Sekunden später wieder öffne, sehe ich Giovannis Gesicht über mir. Er fängt an, mir durchs Haar zu streichen und mich zu küssen. Mechanisch und passiv erwidere ich seine Küsse, auch als er mir die Hand unter Pulli und BH schiebt und sie nach unten bis zwischen meine Beine wandern lässt. Ich versuche ihn zu stoppen, doch er macht einfach weiter, seine Lippen an meinem Ohr raunen, ich solle stillhalten. Irgendwann hält er inne, rückt ein wenig ab, fährt mir mit einer linkischen, möchtegernzärtlichen Geste durchs Haar und sagt: »Steh auf, lass uns rausgehen.« Gespielt verständnislos pliere ich ihn mit halboffenen Lidern und betrunkenem Grinsen an und rühre mich nicht. Genervt packt er mich am Arm. »Na los, hoch mit dir.« Je länger ich ihn ansehe, desto weniger will ich mich rühren. Ich sage es ihm, genauso wie ich ihm vorhin gesagt habe, dass ich sein Parfum mag: »Ich gehe nicht mit dir raus, für wen hältst du dich eigentlich?« Der Satz geht mir über die Lippen, als hätte ihn der Alkohol eigens zu dieser Gelegenheit aus irgendeinem hintersten Winkel meines Gehirns gespült. Sein Mund verzieht sich zu einem strahlenden Lächeln, doch sein Blick schlägt Funken: »Fick dich, depressive Schlampe.« Dann haut er ab. Ich bin allein, aber wirklich verdammt allein auf dieser elenden Couch mit diesen elenden Leuten, und mir ist so elend schlecht, dass ich schon auf den dunkelroten Teppichboden vom Mouse kotze.

Aufzählung der Dinge, die ich nicht für dich getan habe

Du liebtest Flohmärkte und Jahrmärkte und dergleichen, aber es lässt sich an einer Hand abzählen, wie oft ich dich begleitet habe, und das erst nach langem Bitten und dem Versprechen, dass ich etwas geschenkt bekomme oder etwas Besonderes machen darf oder mit meinen Freunden weggehen kann. Meistens bist du dann doch alleine losgezogen oder hast in letzter Minute noch eine Begleitung aufgetrieben. Wenige Wochen vor deinem Tod hattest du mich gefragt, ob ich mit auf den Markt gehe, um dir einen leichteren Morgenrock zu kaufen, doch der Arzt hatte davon abgeraten. Sofort sind Nonna und ich nervös geworden. Du sahst traurig aus, hast dich aber uns zuliebe dem Arzt gefügt. Noch etwas, das du für uns getan hast. Heute weiß ich, dass ich einen Fehler gemacht habe. Ich hätte dich Huckepack dorthin schleppen sollen, um jeden Preis.

Manchmal hast du mich gefragt, ob du mit ins Schwimmbad kommen darfst, obwohl du kaum schwimmen konntest. Entweder antwortete ich mit einem knappen Nein oder fand tausend Ausreden, um alleine zu gehen. In Wahrheit wollte ich mich nicht mit dir sehen lassen. Du hast es mir nie krummgenommen, und obwohl ich weiß, dass du enttäuscht warst, hast du nie darauf bestanden. Ich konnte ziemlich schnippisch und unerbittlich sein. Keine Ahnung, wogegen ich mich auflehnen wollte oder wofür ich mich schämte. Wenn es regnete, holtest du mich ab, kamst aber nie herein, und ich war froh, denn ich fürchtete, du könntest mit irgendjemandem reden und mich vor den Kindern aus dem Schwimmkurs blamieren oder – noch schlimmer – wie die anderen Frauen in den Anfängerbahnen herumstrampeln. Ich wollte nicht, dass man uns zusammen sieht und die Leute sagten, du seiest sitzengelassen worden, ich wollte nicht, dass man schlecht von uns sprach. Zugleich wusste ich, dass jeder, der mit dir geredet hätte, hinterher gesagt hätte, was für eine nette und obendrein hübsche Mutter ich habe. Wenn du mich fragtest, wie du im Badeanzug aussehest, antwortete ich knapp: Ganz okay, und nicht: Du siehst toll aus!, als wäre das total überflüssig und mir völlig schnuppe. Dabei sahst du im Badeanzug wunderbar aus, mit den richtigen Rundungen am richtigen Fleck.

Beim Schwimmen denke ich manchmal, du bist da und siehst mir zu und winkst mir gleich, wenn ich mich am Ende der Bahn zur Tribüne umdrehe. Du lächelst und sagst, Mama ist hier. Da stehst du in deinem dunklen Dufflecoat. Ich wünschte, alle könnten dich jetzt sehen, doch das kann nur ich.

Es war streng verboten, über meinen Vater zu reden. Diese Regel hatte ich aufgestellt. Nur einmal hast du es versucht, und ich bin wie eine Furie auf dich losgegangen. Du hattest gesagt, nachdem er dich verlassen hätte, habest du seine Hilfe nicht gewollt, nicht einmal in Form gelegentlicher Geldspritzen. Er lebte nicht in unserer Stadt. Du sagtest, er hätte uns sowieso nie besucht, ein Kind habe er nie gewollt. Ich hatte dir vorgehalten, du hättest nur an dich und deinen verletzten Stolz gedacht, nicht an mich. Es sei nur deine Schuld, dass er sich aus dem Staub gemacht hätte, immer gehe es nur nach deiner Nase, nie würdest du an die Konsequenzen denken. Es kam mir keine Sekunde lang in den Sinn, dass dem Mann, der mein Vater war, seine Tochter einfach völlig schnuppe war. Danach hatten wir nie mehr davon gesprochen. Nicht einmal ein Foto von ihm hatte ich mehr sehen wollen oder wissen, wo er wohnte; das Thema war für mich erledigt. Doch im Grunde wusste ich wohl, dass du mich vor sinnlosem Warten und nagender Wut bewahrt hattest. Du hattest dir geschworen, dass er mich kein zweites Mal verletzen würde. Du hattest es für mich getan. Erst sehr viel später habe ich das begriffen und es dir nie gesagt.

Wieder der 26. November

Als ich die Augen wieder öffne, begreife ich erst mal nichts. Ich sehe zuckende Schemen, Musik wummert mir im Kopf. Jemand hat mich hochgezerrt und schleift mich durch das brechend volle Lokal. Mühsam setze ich einen Fuß vor den anderen und starre auf die Kotze auf meinen Stiefeln und auf den Schuhen desjenigen, der mich durch die Menge schleppt: zwei große, alte weiße Basketballschuhe. Mit einem Schlag wird mir bewusst, was für ein erbärmliches Bild ich abgebe, und vor Scham kann ich den Kopf nicht heben und nur hoffen, dass die anderen mindestens die Hälfte von dem getrunken haben, was ich intus habe. Ich stolpere und muss heftig würgen, doch zum Glück kommt nichts mehr, alles was ich im Magen hatte, ist auf dem Teppich des Mouse geblieben oder trocknet auf meinen Stiefeln. Vorsichtig schiele ich nach meinem Retter, doch die angewiderten Blicke einer Mädchengruppe lassen mich hastig und mit schamglühenden Ohren wieder zu Boden schauen. Wieder Knüffe, Stimmen, Musik, Pissegestank vor den Toiletten und dann plötzlich Leere und frische Luft. Ich raffe mich auf, hebe den Kopf und sehe geradewegs in die Augen von Gabriele Righi, der mich fragt, wo ich den Roller gelassen habe. Könnte man sterben, wann man wollte, wäre ich jetzt tot. Mein Kopf kippt nach vorn, ich muss fast heulen, doch dann sehe ich wieder zu ihm auf. »Was macht Null plus Null? Ich bin heute Abend eine noch größere Null als du.« Tränen steigen mir in die Augen, die ich nicht zurückhalten kann.

Was für eine Scheißfrage. Offenbar ist er so beleidigt, dass er gar nicht antwortet, vielleicht lässt er mich einfach hier stehen. Während ich noch laut herumlalle, kommt Gabrieles Gesicht ganz dicht an meines heran und fragt mich noch einmal, wo ich den Roller geparkt habe. Seine Stimme ist ruhig und freundlich. Also ist er nicht beleidigt und lässt mich hier stehen: Noch ist nicht alles verloren.

Ich versuche mich an die einzelnen Stationen dieses Abends zu erinnern und deute Richtung Parkplatz jenseits der Straße. »Ich kann nicht fahren.« – »Ich fahre«, sagt er gelassen. »Wenn meine Großmutter mich so sieht, trifft sie der Schlag«, nuschele ich. »Na gut, dann bringe ich dich nicht sofort nach Hause und wir drehen noch eine Runde. Warte hier und rühr dich nicht vom Fleck.« Er lehnt mich an ein Auto und geht rasch davon. Mich rühren?, denke ich. Wie denn? Ich könnte allenfalls noch im Erdboden versinken.

Ich sehe zum Himmel auf: Er ist schwarz und voller Sterne. Ich blinzele: Ist es wahr, dass du tot bist?

Nach einer schier endlosen Weile kehrt Gabriele mit etwas Blauem zurück, das aussieht wie meine Jacke, und hilft mir hinein. Wie er die gefunden hat, ist mir ein Rätsel. Wie eine Puppe lasse ich mich anziehen, lege den Kopf an seine Brust und hebe schlaff die Arme. Automatisch fische ich den Zündschlüssel aus der Jackentasche und halte ihn ihm hin. Das Aufjaulen des Motors durchbohrt meinen Schädel. Schweigend sitzt er auf dem Roller und wartet, dass ich aufsteige. Wohin fahren wir? Ich weiß es nicht und frage auch nicht. Ich sehe ihn kurz an, halte mich an seinem Arm fest und steige auf. Ich umschlinge ihn fest, lege den Kopf an seinen Rücken und kauere mich zusammen. Ohne Helm brausen wir dahin, ich höre den Motor knattern, die kalte Luft fährt mir übers Gesicht und die jeansbedeckten Beine. Ich halte die Augen geschlossen, mein Kopf dreht sich. Keine Ahnung, wie lange wir herumfahren, erst nach einer Weile lässt mich ein herber, vertrauter Geruch sie wieder öffnen. Rechts von mir ist das Meer, die weiße Gischt taucht auf und verschwindet und säumt eine endlose schwarze Fläche. Im Himmel über uns hängen jetzt große, bleierne Wolken. Es sieht nach Regen aus, doch das ist mir egal. Wieder schließe ich die Augen und schmiege mich noch enger an Gabriele. Zwei Nullen fliehen durch Nacht und Unendlichkeit, und auch wir sind der Saum von etwas, das mit der Finsternis verschmilzt.

Ich bin gerettet, denke ich, mir kann nichts mehr passieren. Wie damals als Kind, wenn ich Ohrenschmerzen hatte und meine Mutter mich zu sich ins Bett holte. Sie legte den Arm um meine Schultern, bettete meinen Kopf auf ihre Brust und las ein Buch. Ich spürte die warmen Tropfen im watteverstopften Ohr, hörte ihren Atem und das gelegentliche Rascheln der Seiten, während die Lampe ihr sanftes Licht auf die Bettdecke warf. Die Welt war in Ordnung, der Schmerz unter Kontrolle, meine Mutter die uralte Eiche auf dem Hügel, ich der warme Kern des Winters, vom mächtigsten aller Schilde geschützt.

Mein Kopf schwirrt vor wirren Gedanken, ich bin völlig benommen und gerädert, doch wünschte ich, diese Fahrt würde nie zu Ende gehen. Plötzlich wird der Roller langsamer und Gabrieles Stimme übertönt das Geknatter: »Geht's besser?« Ich nicke, das Gesicht in seine Jacke vergraben und halb unterm Haar versteckt. »Ja oder nein?«, fragt er noch einmal. »Ja«, schreie ich. »Ich bring dich nach Hause«, sagt er, wendet und fährt zurück Richtung Stadt.

Wie weit ist es bis Zerolandia? Lass uns abhauen, Gabriele, lass uns Zerolandia finden. Ich schwöre, dass ich dich nie wieder ansprechen werde.

Als ich zu Hause ankomme, blicke ich zur Terrasse hinauf und sehe meine Großmutter gerade wieder hineingehen. Langsam steige ich ab und versuche mich so gut wie möglich wieder in Ordnung zu bringen. »Wie sehe ich aus?«, frage ich und drehe mich zu ihm hin. »Okay«, antwortet er, doch seinem Gesichtsausdruck nach zu urteilen, ist das eine glatte Lüge. »Nimm den Roller«, sage ich, »den kannst du mir ein andermal zurückbringen.« Er sieht mich skeptisch an, doch dann nickt er. »Okay, heute Abend bringe ich ihn dir wieder.« Seine Haare stehen in alle Richtungen, er hat Augenringe und sieht müde aus. Er hat es für mich getan, denke ich und muss unwillkürlich lächeln. Er sieht mich an, als wollte er noch etwas sagen, dann steigt er auf den Roller und startet den Motor. »Ciao«, sagt er mit halbem Lächeln. »Bis nachher«, antworte ich und lächele zurück.

Als ich hereinkomme, ist Nonna in der Küche und behauptet, sie sei gerade erst aufgestanden. »Hast du Spaß gehabt?« – »Kein bisschen.« Ich lasse meine Jacke auf die Bank im Flur fallen. »Die Kneipe war blöd und die Musik noch schlimmer.« Ich will gerade im Bad verschwinden, als die erwartete Frage kommt. »Ist der Junge ein Schulkamerad von dir?« Nonnas Stimme klingt sanft und von der Müdigkeit und dem Warten ein wenig heiser. »Ja, sein Roller ist kaputtgegangen, und da habe ich mich herbringen lassen und ihm meinen geliehen. Heute Nachmittag bringt er ihn mir zurück.« – »Das war nett von dir.« Sie steckt den Kopf in den Flur und auf ihrem müden Gesicht liegt das warme Lächeln meiner Mutter. Sie weiß, dass ich nicht die Wahrheit sage, selbst ein Blinder sieht, dass ich mich kaum auf den Beinen halten kann, aber sie hat keine Kraft, mir Vorwürfe zu machen.

»Claudia hat gestern Abend angerufen, sie wollte mit dir reden. Denkst du dran, sie anzurufen, wenn du wieder wach bist?«

Ich nicke und wir sehen uns an, gebannt in diesem Augenblick, zwischen ihr und mir die Tür eines stillen Zimmers. In meiner Erschöpfung kommt mir plötzlich die Geschichte von Persephone in den Sinn. Ich frage mich, welche Jahreszeit wir durchwandern.

27. November

»Danke«, sage ich, als er vom Roller steigt und mir den Schlüssel hinhält. Ich schäme mich in Grund und Boden und kann ihm nicht in die Augen sehen. »Das war wirklich nett von dir«, stammle ich weiter und hoffe, dass er endlich etwas Erlösendes sagt. »Ohne dich säße ich noch immer auf der Couch im Mouse.« Er lächelt mich an. Er hat die Hände in den Jackentaschen vergraben und sieht weg, vielleicht ist er auch befangen, aber bestimmt nicht so wie ich. Wenn ich an meine jämmerliche Show denke, sollte ich mir für die nächsten zwanzig Jahre ein Double zulegen. »Wenn ich's nicht getan hätte, hätte es eine deiner Freundinnen getan.« – »Ach ja? Und welche? Ich hab nämlich nicht mehr viele, denen ist es doch völlig schnuppe.« Es folgt ein peinliches Schweigen. Er verlagert das Gewicht von einem Bein aufs andere. »Okay«, sagt er schließlich und macht einen Schritt zurück, »ich gehe jetzt mal besser.« – »Soll ich dich bringen?« – »Na klar, dann sind wir den ganzen Abend damit beschäftigt, uns gegenseitig nach Hause zu bringen.« Er grinst, und ich pruste los, nicht wegen seiner Bemerkung, sondern weil ich mich freue, ihn endlich einmal gut gelaunt zu sehen. »Ist schon in Ordnung, ich geh zu Fuß. Sind sowieso nur ein paar Schritte.« – »Es ist doch viel zu kalt. Ich erlaub's dir nicht.« Plötzlich will ich nicht, dass er geht und mich allein lässt. Zögernd und belustigt sieht er mich an. Ich nehme all meinen Mut zusammen. »Na los, ich lade dich auf 'ne Pizza ein, dann habe ich wenigstens nicht mehr so ein schlechtes Gewissen wegen der schlaflosen Nacht, die ich dir bereitet habe.« Wieder grinst er und vergräbt das Kinn in seinem olivgrünen Schal. »Dann musst du mir wohl 'ne Riesenpizza spendieren.«

Wie hübsch seine Augen sind. Er steht da, unschlüssig, ob er bleiben oder gehen soll. »Ich geb dir zwei aus.« Etwas hat sich verändert, und ein paar Sekunden stehen wir verlegen da und sehen uns an. »Also ist das ein Ja«, sagte ich. »Ich renn schnell nach oben und hol meine Jacke.« – »Okay, ich warte hier.« Er klingt nicht wirklich überzeugt, aber das ist egal, ich bin einfach nur froh, dass er meine Einladung angenommen hat.

Wir gehen ins Blue Moon, eine große Familien-Pizzeria im Zentrum. Es ist laut und voller Kinder, die durch den riesigen Gastraum flitzen, in dem ständig der Fernseher läuft. Nicht der beste Ort für zwei, die sich unterhalten wollen, aber zumindest treffen wir dort niemanden aus der Schule. Es ist mir egal, ob die uns zusammen sehen, aber wenigstens heute Abend will ich nicht von ihnen angestarrt werden.

Wir sitzen einander gegenüber und tun so, als würden uns die Leute an den Nachbartischen brennend interessieren. Hin und wieder werfen wir einander verstohlene Blicke zu und glauben, der andere würde es nicht bemerken. Die Unterhaltung beschränkt sich auf ein absolutes Minimum. Plötzlich schwant mir, dass ich ihn, von der netten Hilfsaktion abgesehen, vielleicht total blöd finden könnte. Und wenn die anderen am Ende recht hätten? Für einen verkappten Kriminellen halte ich ihn zwar nicht, sonst hätte er sich wohl kaum die Mühe gemacht, mir zu helfen. Zu gern würde ich ihn nach dem Grund fragen, aber um ihn nicht in Verlegenheit zu bringen, lasse ich's bleiben. Stattdessen fange ich an, von der Schule zu reden, von Lehrern und Dingen, die nicht einmal mich interessieren, aber irgendwie muss ich mich aus diesem Schweigen retten, das den Lärm um uns herum übertönt. Beim Reden sehe ich ihn an, doch er starrt auf den Fernseher. Er fühlt sich genauso unwohl wie ich, auch wenn ich alles dransetze, es zu überspielen. Schließlich frage ich ihn, mit wem er gestern Abend ins Mouse gekommen ist. »Mit einem Freund«, antwortet er achselzuckend und sagt, er sei nur da gewesen, weil sein Freund plötzlich doch noch hätte hingehen wollen. »Danke, dass du mir geholfen hast.« Er sieht mich stumm an, dann blickt er sich suchend um. »Gibt's denn hier keine Kellner?« Ich sehe ihn an und denke, dass er vielleicht doch nicht so einfühlsam ist und eher gelangweilt als verlegen. Vielleicht hat er mir nur geholfen, weil er meinen Anblick nicht ertragen konnte, und ich bin ihm völlig schnuppe. Ich weiß nicht mehr, was ich sagen soll. Am liebsten würde ich im Erdboden verschwinden. Dieser Vorstoß von mir war mal wieder eine totale Schwachsinnsaktion. Einen Moment lang wünsche ich mir, der Kellner käme zu uns an den Tisch und sagte, diese Plätze seien reserviert und Pizzen gebe es hier auch nicht, nur sauteuren Fisch und Champagner. Stattdessen kommt eine Kellnerin angehetzt und nimmt unsere Bestellung auf. Nach einem kurzen Panikanflug versuche ich das Gespräch so gut es geht am Laufen zu halten. Ich frage ihn, wo er wohnt, was er an den Wochenenden treibt, ob es was gibt, das er besonders gern tut, und komme mir vor wie eine Sozialarbeiterin, die sich mal wieder mit einem hoffnungslosen Fall herumschlägt. Ich wünschte, er würde mir etwas über sein Faible fürs Zeichnen erzählen, doch er antwortet nur einsilbig und lässt sich jedes Wort aus der Nase ziehen. Er sagt, er wohne im Hochhausviertel, aber nur, wenn sein Vater nicht da sei, sonst habe er ein Zimmer bei einem gewissen Petrit, einem albanischen Freund von ihm, der ihm hin und wieder kleine Jobs verschaffe. Bevor ich Dinge höre, die ich nicht hören will, frage ich ihn lieber nicht, was für Jobs das sind. Jetzt mustert er mich, um meine Reaktion zu testen, und ich versuche, gelassen zu bleiben. Er sagt, das Wochenende sei für ihn wie jeder andere Wochentag, er lungere ein bisschen mit seinen Freunden rum, nichts Besonderes. »Leute aus der Schule?«, frage ich. Er fängt an zu lachen und schüttelt den Kopf. »Nie.« Er sieht mich belustigt an. »Wieso sagst du das so?« Ich muss auch lachen. »Meine Freunde gehen nicht zur Schule, die arbeiten.« – »Und was arbeiten die?« – »In der Fabrik, auf dem Bau, solche Sachen«, antwortet er schulterzuckend und sieht weg. »Und was würdest du gerne machen?« – »Keine Ahnung, Maurer ist okay.« – »Und das Zeichnen?«, frage ich ernüchtert. »Was ist damit? Dürfen Maurer etwa nicht zeichnen?« Ich will gerade etwas erwidern, als die Pizzen kommen und die Unterhaltung erstirbt. Ich bin mit Caravaggio gekommen und werde mit Gabriele dem Maurer gehen. Ich habe mich tatsächlich geirrt, meine Mitschüler haben recht: Ich habe mir alles nur eingebildet, es gibt keinen Künstler. Ich muss heute Nacht wirklich stinkbesoffen gewesen sein.

Abgesehen von ein paar Bemerkungen zur Pizza und zum Radau, den die Kinder am Nachbartisch veranstalten, essen wir stumm vor uns hin. Kaum sind wir fertig, gehe ich zur Kasse und zahle, und endlich ist der Albtraum vorüber. Er bedankt sich und ich bedanke mich ebenfalls. Es ist, als wären wir uns fremder denn je. Nach Monaten des Schweigens über eine Stunde lang wie normale Menschen zusammenzusitzen war entschieden zu viel. Er scheint es ebenfalls kaum abwarten zu können, sich aus dem Staub zu machen. Vielleicht ist er auch von mir enttäuscht und ich habe ihm betrunken besser gefallen.

Ich biete ihm an, ihn nach Hause zu bringen, aber er lässt sich nur bis zum Platz mitnehmen und sagt, er gehe den Rest zu Fuß. Diesmal insistiere ich nicht und ziehe einen Schlussstrich unter meinen Versuch, Freundschaft mit jemandem zu schließen, der womöglich nur in meinem Kopf existiert. »Dann bis morgen«, sage ich und hoffe zumindest, in Zukunft einen Banknachbarn zu haben, der mich nicht mehr komplett ignoriert. »Morgen komme ich nicht«, erwidert er knapp. Es klingt nach einem spontanen Entschluss, als müsse er wieder ein bisschen Distanz zwischen uns schaffen. »Wir sehen uns die Tage.« Jetzt erscheint mir der Abschied noch trister, und am liebsten würde ich fragen, was er morgen vorhat und wieso er nicht kommt, aber er sieht nicht so aus, als wollte er es mir sagen. »Okay, dann bis bald.« – »Bis bald«, wiederholt er, dreht sich um und geht.

Ich sehe ihm nach, wie er den Platz überquert, mit gesenktem Kopf und hängenden Schultern, die Hände in den Jackentaschen vergraben. Eine Maurerstatur hat er schon, und ein Maurerhirn ebenfalls. Plötzlich dreht er sich um und bleibt stehen. Winkend hebt er den Arm und sieht mich aus der Ferne an. Ich winke zurück und lächle. Ich bin zu weit weg, um sein Gesicht zu sehen, und auch er kann meines nicht erkennen. Als er sich wieder umdreht und weitergeht, weiß ich, dass das der echte Gabriele ist, der, der mir heimlich gefällt, der Herr über Zerolandia, schweigsam und verschlossen, Caravaggio in Maurerhosen.

Am liebsten würde ich seinen Namen laut in die kalte Nachtluft rufen, aber stattdessen sehe ich ihm noch eine Weile nach und fahre verwirrter denn je nach Hause.

28. November

In der Schule glotzen mich heute alle an. Ich könnte vergehen vor Scham. Kaum habe ich einen Fuß in die Klasse gesetzt, sind die größten Lästermäuler auch schon da und fragen mich, wie es mir geht. »Wieso?«, blaffe ich. »Vorgestern Nacht hast du vielleicht ausgesehen«, schießt Silvia schnippisch zurück und wirft Barbara, die die Szene von ihrem Tisch aus genüsslich beobachtet, einen vielsagenden Blick zu. »Na und, habt ihr noch nie 'ne Betrunkene gesehen?« Ich mache auf hochnäsig, als hätte ich die coolste Sache der Welt getan, aber eigentlich fühle ich mich elend und hoffe, man sieht es mir nicht an. »Und Gabriele?«, zischelt sie neugierig. »Gabriele was?« Ich sehe sie vernichtend an. »Er hat dich noch nach draußen gebracht, oder?«, bohrt sie dämlich grinsend nach. »Na und?« Gespielt gleichgültig sehe ich ihr in die Augen. »Ich meine ja nur so. Ihr habt ein echt hübsches Pärchen abgegeben.« Sie blickt triumphierend in die Runde. »Ach ja, und das findest du witzig?«, fauche ich in ihr viel zu breites schweinchenrosa Pickelgesicht und überlege fieberhaft, womit ich ihr richtig eins reinwürgen kann. »Hey, beruhig dich.« Sie weicht zurück. »Das war doch nur Spaß. Wir haben uns halt Sorgen gemacht.« – »Sicher«, antworte ich eisig, »das habe ich gemerkt.« Sie will etwas erwidern, aber ich komme ihr zuvor. »Kümmere dich um deinen eigenen Scheiß! Wenn dir das passiert wäre, hätten dich noch nicht mal die Putzleute am nächsten Tag weggemacht.« Sie wird blass, schüttelt den Kopf und winkt ab, als wäre ich vollkommen irre und als hätte es eh keinen Zweck, mit mir zu reden. Böse funkele ich sie an, damit sie kapiert, dass sie bei der nächsten Bemerkung nicht mehr so gut wegkommt. Sie weiß ganz genau, dass ich sie mit links plattmachen könnte. Ich kann mich noch genau an ihr Gesicht erinnern, als sich eines ihrer Opfer nach der x-ten ätzenden Bemerkung übelst gerächt und auf die Tafel geschrieben hatte: »Silvia, du bist von innen genauso grottig wie von außen.« Unser stummes Duell wird jäh unterbrochen, als die voluminöse Silhouette unserer Mathelehrerin in der Tür auftaucht, und wir ziehen uns auf unsere Plätze zurück. Sofort beginnt die Lehrerin mit der Abfragerei und ruft ausgerechnet Silvia auf, die total ablost und eine Fünf kassiert. Ich freue mich wie eine Schneekönigin und vergesse alles: Gabriele, die Pizza, meinen peinlichen Auftritt im Mouse.

Während der Pause weiche ich allen Blicken aus, schlüpfe aus der Klasse und schließe mich im Klo ein. Als ich zurückkomme, hat die Italienischstunde schon begonnen. Die ganze Stunde bringe ich damit zu, den Tisch nach Spuren von Gabriele abzusuchen, derweil die Ziegen vor mir nicht aufhören, vielsagende Blicke zu tauschen, und rumkichern wie die Affen im Zoo. Auf einmal fühle ich mich noch einsamer als zu Beginn meiner Einsamkeit, und es nervt mich, jemand könnte denken, ich und Gabriele seien zusammen. Doch dafür hasse ich ihn nicht, ich hasse ihn, weil er nicht hier ist. Und wenn er absichtlich nicht gekommen ist? Das würde bedeuten, dass es ihm auch nicht so egal ist, was die anderen denken. Und seine Maurerfreunde, wissen die von unserem Ausflug ans Meer? Niemand weiß etwas, sage ich mir, es ist ein Geheimnis, diese blöden Ziegen haben heute einfach nichts Besseres zu tun. Trotzdem lässt mich der Gedanke nicht los, dass niemand gestichelt hätte, wäre er heute hier gewesen. Natürlich hätte es Blicke und das übliche Gekicher gegeben, aber keiner hätte sich so weit vorgewagt. So ein Feigling. Morgen komme ich nicht in die Schule.

Bye bye Zero, Zeta fährt in die Stadt.

Teresas Haus

In manchen Momenten begreife ich, dass du tot bist, und nehme alles hin: Die Wohnung, die mir fremd geworden ist, deine Sachen, die allmählich in die Welt der vergessenen Dinge abdriften. Jetzt begreife ich, dass dein Tod sich in allem wiederholt, auch in mir: Dein Tod ist mein Tod.

Ich kann mich noch an Nonnas Freundin Teresa erinnern, die ganz allein in ihrer riesigen Wohnung zurückblieb. Als ich klein war, nahm mich Nonna manchmal zu ihr mit. Seit die Kinder aus dem Haus waren und der Mann gestorben war, blieben viele Zimmer verschlossen, die Fensterläden angelehnt. Drinnen herrschte ewiges Dämmerlicht und das Schweigen von Dingen, die den Geruch ihrer leblosen Umgebung angenommen hatten. Die einzigen Zimmer, die sie noch benutzte, waren die Küche und ihr Schlafzimmer am Ende des Flurs. Alles andere gehörte einer fernen, stummen Vergangenheit an, die ihren Schmerz in die Dunkelheit schrie. Es war so still, dass man fast meinte, die Stimmen und Geräusche von damals zu hören, als alles am Anfang stand, die Erwachsenen redeten und die Kinder spielten.

Die arme Teresa, sie machte mich so traurig. Als ich es meiner Mutter sagte, meinte sie, ich müsse nicht mitgehen, und dann hörte ich, wie sie Nonna Vorhaltungen machte. Ich dachte schon, sie wäre sauer, doch sie kam zu mir und sagte nur: »Wieso hast du es der Nonna nicht gleich gesagt?« Ich hatte es nicht getan, weil Signora Teresa mir leidtat. Ich glaube, meine Mutter spürte es, und sie erzählte mir eine Geschichte von Signora Teresa und ihren Enkeln, die sie besuchten und ihr Kuchen mitbrachten. Ich wusste, dass das nicht stimmte, aber ich fühlte mich trotzdem besser.

Ich glaube, sterben ist auch das: Gewisse Dinge nicht mehr zu benutzen, gewisse Zimmer nicht mehr zu betreten. Wir schließen die Vergangenheit weg, bis die Last der Erinnerungen uns nicht mehr erreicht.

30. November

Auch heute gehe ich nicht zur Schule: Als ich das Schultor sehe, drehe ich bei und verschwinde. Schließlich habe ich Geburtstag und darf mir ein bisschen Zerstreuung gönnen, schlechtes Gewissen hin oder her.

Die Wahrheit ist: es ist mein erster Geburtstag ohne dich, und ich will niemanden sehen. Nonna hat es gespürt, denn als sie heute Morgen zum Gratulieren in mein Zimmer kam, hat sie mich nur fest und wortlos umarmt. Erst in der Küche hat sie mich gefragt, was ich mir wünsche. Sie habe nichts besorgt, weil sie fürchtete, es könnte das Falsche sein, und ich solle mir etwas aussuchen. Ich habe keine Ahnung, was ich haben will. Also habe ich gesagt, ich würde drüber nachdenken, und sie gebeten, eine schöne Torte für Samstag zu backen, wenn Angela und Claudia zum Feiern kommen. Sie waren die Ersten, die heute Morgen um sieben angerufen haben, um mir zu gratulieren und sich fürs Wochenende einzuladen. Achtzehn zu werden ist was Besonderes, meinte Angela, das kann man nicht einfach unter den Teppich kehren. Statt die Wahrheit zu sagen, habe ich mich bedankt und Nonna gesagt, dass wir Samstag zusammen Mittagessen würden.

Als Erstes gehe ich frühstücken in die Bar an der Piazza. Danach ein langer Spaziergang am Meer. Ich bin jetzt volljährig, da ist es mir egal, ob mich jemand sieht und mich verpfeift: an wen überhaupt? Seltsam, plötzlich fühle ich mich allzu frei. Als könnte ich mich verlieren und nicht mehr zurückkehren.

Die Sonne scheint, und am Meer ist es wunderbar. Ich versuche an nichts zu denken, weder an die Schule noch an zu Hause, an gar nichts, aber je mehr ich mich bemühe, umso größer wird das Gefühl der Einsamkeit. Eine halbe Stunde später sitze ich schon wieder auf dem Roller und kehre in die Stadt zurück. Bei Oviesse bringe ich eine Stunde damit zu, Kleider und T-Shirts anzuprobieren, aber ich bin nicht in Stimmung und gehe wieder, ohne etwas zu kaufen. In der Parfümerie hantiere ich mit Düften, Lidschatten und allerlei Krimskrams herum, den man sich ins Gesicht schmieren kann, um hübscher auszusehen. Die Verkäuferinnen, die kaum älter sind als ich, stehen schwatzend in der Ecke und lassen mich nach den ersten pflichtschuldigen Fragen komplett in Ruhe. Verwirrt, genervt, das Gesicht voller Schminke, kehre ich kurz vor eins nach Hause zurück. Auf der Treppe kriege ich zwei SMS von Sonia: In der ersten gratuliert sie mir und in der zweiten fragt sie mich, ob sie mir die Hausaufgaben vorbeibringen soll. Im Grunde versucht sie nur, nett zu sein. Ich beschließe, sie auf die Probe zu stellen und tippe zurück, sie solle doch am Nachmittag vorbeikommen.

Zum Mittagessen setzt Nonna mir all meine Lieblingsgerichte vor und bemüht sich, unbeschwert zu sein. Obwohl ich mir nichts gewünscht habe, stellt sie mir zum Nachtisch ein kleines Schmuckschächtelchen hin. Sie hat mir ein Paar Ohrringe mit echten Brillanten gekauft. Ich lege sie sofort an, beuge mich über den Tisch und umarme und küsse sie. Es ist besser gelaufen als gedacht. Wenn an einem Tag wie diesem keine von uns beiden weint, ist das schon ziemlich gut. Oder vielleicht ist es einfach das, was ich mir am meisten wünsche?

Sonia kommt eine halbe Stunde zu früh. Kaum ist sie in meinem Zimmer, nimmt sie mich in die Arme und drückt mir ein Päckchen in die Hand. Ich mache es auf und ziehe ein Paar rosa Plüschohrenschützer hervor, die man an den iPod anschließen kann, um mit warmen Ohren Musik zu hören. Ich bedanke mich und sage, dass ich sie ganz toll finde, dabei bin ich die Letzte, die mit solchen bonbonrosa Dingern auf den Ohren losrennt. Doch Bedanken reicht Sonia nicht, ich muss sie sofort aufsetzen. Widerwillig stülpe ich sie mir über und drehe mich zum Spiegel um: Ich sehe aus wie ein kleines Mädchen, strecke mir die Zunge heraus und schneide Grimassen, und Sonia lacht zufrieden.

Behutsam lege ich die Ohrenschützer aufs Bett und frage sie, ob es viel zu tun gibt. Sie zieht das Hausaufgabenheft hervor und setzt mich wie eine persönliche Sekretärin über alles in Kenntnis: Unterricht, Abfragungen, Hausaufgaben. Zum Glück sind die meisten Aufgaben Mathe und Geschichte, meine Lieblingsfächer. Wir beschließen, Mathe zusammen zu machen, und klappen die Bücher auf. Zwischendrin erkundigt sie sich nach dem Abend im Mouse, aber es stört mich nicht. Ich habe nichts zu verbergen, schließlich ist zwischen mir und Gabriele rein gar nichts gelaufen. Sie sagt mir, er sei heute in der Schule gewesen. Umso besser, dann denkt wenigstens niemand, wir sind zusammen. Ich nutze die Gelegenheit und schildere ihr meine Version des Abends: Er habe mich lediglich an die frische Luft begleitet, und als es mir besser ging, sei ich allein nach Hause gefahren. Offenbar schluckt sie es, was sie aber nicht davon abhält, zu fragen, weshalb ich den Platz gewechselt habe. »Nur so, aus Spaß. Ich fand's öde und wollte sehen, was passiert.« Sie sieht mich abwartend an. Ich weiß, dass das keine Antwort ist, ich würde mich auch nicht damit zufriedengeben. »Na ja, ich weiß auch nicht. Mir geht's gerade nicht so doll, können wir über was anderes reden? Gabriele ist mir total wurst, ich wollte nur ein bisschen Abstand zu dieser Klasse von Idioten kriegen. Du hast nichts damit zu tun, ehrlich. Jetzt ist es eben so, geht auch wieder vorbei, ist nichts Persönliches.« Sie sieht ein bisschen beruhigter aus, wir machen mit den Aufgaben weiter, und einen Moment lang kommt es mir vor, als wäre wieder alles wie früher, wie vor zwei Jahren, als wir Freundinnen waren und uns um nichts einen Kopf machen mussten. Plötzlich sieht sie auf und sagt mit ernster Miene: »Und Giovanni?« Na bitte, jetzt weiß ich, was ihr eigentlich auf dem Herzen lag. Ihr versonnener Blick spricht Bände. Ich muss noch nicht einmal antworten. Als sie mich mit ihm auf der Couch im Mouse habe rumknutschen sehen, gesteht sie mir, habe sie gedacht, ich würde mit ihm im Bett landen. Ich bin erleichtert: ich und Gabriele sind ihr völlig schnuppe. Bereitwillig erkläre ich ihr, Giovanni sei ein Arschloch und zwischen uns laufe absolut nichts. Ich hätte völlig neben mir gestanden und womöglich mit jedem rumgeknutscht. Sie entspannt sich. »Du findest diesen Blödmann doch nicht etwa toll.« Sie wird rot und beichtet mir, dass sie total in ihn verknallt ist. Letzten Sommer seien sie einen Monat zusammen gewesen, dann habe er in den Ferien eine andere getroffen und sie hätten Schluss gemacht, weil er mit der im Bett gelandet sei. Wegen meiner Mutter hätte sie mir nie was gesagt, da hätte sie mich doch nicht mit ihren albernen Problemen belämmern können. Ich weiß, weshalb sie mir nichts gesagt hat, und auch, weshalb sie letzten Sommer mit ihm zusammen war, ohne es mir zu erzählen. Wie jämmerlich feige, nur aus Angst,

Giovanni könnte was von mir wollen. Aber eigentlich bin ich froh, jetzt ist klar, wieso sie gekommen ist. Dann geht sie mir wenigstens nicht länger mit Gabriele auf die Nerven. Während sie weiterredet, geht mir auf, dass ich und der Grund, weshalb ich den Platz gewechselt habe, ihr eigentlich völlig schnuppe sind. Umso besser, dann kratzt es mich noch weniger, wenn sie wegen dieser Pfeife leidet. Sie sagt, seit sie Schluss gemacht haben, hätten sie nicht mehr miteinander gesprochen, und ihr gehe es total mies. Giovanni sei wohl ein bisschen hinter mir her und habe meine Abfuhr vielleicht nicht gut weggesteckt. Am liebsten würde ich ihr sagen, dass sie möglicherweise recht hat, doch stattdessen beteure ich, er sei überhaupt nicht mein Fall und sie solle unser kleines Intermezzo auf der Couch im Mouse getrost zu den Akten legen.

Als wir mit den Hausaufgaben fertig sind, ist es spät geworden. Ehe sie geht, verabschiedet sie sich von meiner Großmutter in der Küche. »Wie geht es ihr?«, fragt sie mich an der Tür. Als wäre meiner Großmutter die Tochter gestorben und mir nur die Katze. Selbst mein zukünftiger Maurer könnte nicht derart unsensibel sein. »Beschissen«, erwidere ich kalt und belasse es dabei, denn inzwischen habe ich kapiert, dass sie nur aus Eigeninteresse gekommen ist und sich das übrige Theater ruhig hätte sparen können. Ich schließe die Tür, atme durch und kehre in mein Zimmer zurück.

Endlich flackern in Zerolandia die Abendlichter auf: lauter Sterne.

Als ich dich gebadet habe

Ich war aus dem Schwimmbad zurückgekommen, und bis auf einen dünnen Lichtstrahl, der unter der Badezimmertür hindurchsickerte, herrschte in der Wohnung völlige Finsternis. Alarmiert von der Dunkelheit, hatte ich sofort laut nach dir gerufen. »Ich bade gerade, Nonna ist weggegangen«, hattest du geantwortet. Erleichtert, deine Stimme zu hören, hatte ich dich gefragt, ob alles in Ordnung sei. Du hattest ja gesagt und gefragt, ob ich dir den Rücken waschen könnte. Schon seit ein paar Jahren hatte die Intimität zwischen uns aufgehört, war eine von uns im Bad, blieb die andere draußen. Also trat ich zögernd ein. Mit unters Kinn gezogenen Knien und feuchtem Haar saßest du in der vollen Wanne. Du hast dich umgedreht und mir mit einem matten »Danke« den Schwamm hingehalten, und ich habe mir die Sweatshirtärmel hochgekrempelt. Du warst so abgemagert, dass man jeden Wirbel sah. Dein Hals war ganz dünn und im Nacken bildeten die nassen Strähnen kurze, dunkle Linien. Plötzlich kamst du mir wahnsinnig zerbrechlich vor. Ich tat alles ganz behutsam. Nach dem Rücken wusch ich dir die Haare, wobei ich aufpasste, dass du kein Wasser in die Augen bekamst, genau wie du, als ich noch klein war. Während ich dich wusch, dachte ich, dass dies nicht mehr der Körper war, den ich kannte. Ich dachte an die Operation, an die ständigen Untersuchungen, an die Tests, die Therapien, die Ärzte und Krankenschwestern, die dich gesehen hatten, und an diesen Körper, der weniger geworden zu sein schien, als fordere er Schutz und Schonung ein. Vorsichtig habe ich dir beim Aufstehen geholfen und du hast dich in den Bademantel gewickelt, den ich zum Wärmen auf die Heizung gelegt hatte. Ich weiß noch, dass du jedes Mal, wenn ich mit etwas fertig war – dich waschen, dich abtrocknen, dich kämmen –, lächelnd »Danke, Alessandra« sagtest, als wolltest du mir zu verstehen geben, ich dürfe gehen, doch ich machte weiter, als könnte ich meine Kraft mit dir teilen, als könnten meine Hände dir etwas zurückgeben, die Zeit zurückdrehen und zusammen mit der Krankheit die grausige Narbe verschwinden lassen, die sich von deinem Rücken bis zum Unterleib zog. Ich konnte einfach nicht aufhören, etwas für dich zu tun. Ich hatte die Heilmethode gefunden, ich hatte meine Liebe gespürt.

Erster Dezember

Als ich in die Klasse komme, sitzt Gabriele schon auf seinem Stuhl. Zu meinem größten Erstaunen grüßt er mich und schiebt seinen Block zur Seite, um für meine Sachen Platz zu machen. Ich grüße zurück, ziehe die Jacke aus, setze mich und schlage, um etwas zu tun, das Aufgabenheft auf. Während ich abwesend darin herumblättere, dreht er sich zu mir um und legt die Hand auf meine Rückenlehne. Sofort verkrampfe ich mich, bestimmt beobachten uns alle. »Wie geht's?«, fragt er leise. »Gut.« Ich werfe einen verstohlenen Blick in die Klasse. »Alle glauben, wir sind zusammen.« Ich wollte nicht so pikiert klingen, aber jetzt ist es zu spät. Er nimmt die Hand von der Lehne und stemmt sich gegen die Tischkante, als wollte er den Stuhl zurückschieben und aufstehen. »Na und?«, sagt er eisig und sieht mich an. »Ich hab's nur so gesagt, damit du Bescheid weißt.« Ich tue so, als ob ich lese. »Du weißt doch, wie scheißegal mir ist, was diese Arschlöcher denken. Stört's dich etwa?« – »Mich? Wieso sollte es?« Ich sehe ihn herausfordernd an. »Wenn es mich stören würde, wäre ich nicht mit dir essen gegangen.« Offenbar bin ich zu laut geworden, denn alle glotzen uns an. Nur Sonia tut so, als wäre nichts, vielleicht als Freundschaftsbeweis nach unserer Annäherung gestern Abend. Sofort verkriecht sich Gabriele in sein bleiernes Schweigen und fängt an zu zeichnen. Zum Glück kommt die Italienischlehrerin herein, der Unterricht beginnt, und die Blicke wandern zum Pult. Während die Lehrerin an die Tafel schreibt, sehe ich aus dem Augenwinkel, wie Gabriele sich zu mir beugt. »Machst du morgen mit mir blau?«, flüstert er, ohne die Augen von der Lehrerin abzuwenden. Ich werde rot und bin froh, dass er mich nicht ansieht. Das habe ich nicht erwartet. Ich dachte, er wäre eingeschnappt. Und jetzt? »Ja«, antworte ich leise, ohne überhaupt zu wissen, ob ich das wirklich will.

Als du dich verliebt hast

Einmal hat sich meine Mutter ernsthaft verliebt. Das war etliche Jahre nach meinem Vater, nachdem sie diese heftige und schmerzhafte Beziehung verdaut hatte, aus der ich hervorgegangen bin und von der ich so gut wie nichts weiß. Natürlich hatte es danach noch andere gegeben, aber keine war so wichtig wie die mit Alberto.

Er war Anwalt und nicht nur klug, sondern auch witzig und sehr charmant. Einer von denen, die für alles eine Erklärung haben, wissen, was der Dow Jones ist, sämtliche Fragen aus dem Geschichtsbuch beantworten können, immer eine gute Figur machen und einen bleibenden Eindruck hinterlassen. Anfangs waren beide vollkommen überwältigt, es schien, als hätten sie endlich ihre andere Hälfte gefunden, die sie bei der Geburt verloren hatten. Noch nie hatte ich meine Mutter so glücklich und mit sich selbst im Reinen gesehen. Wenn sie nicht zusammen waren, hingen sie stundenlang am Telefon, schickten sich SMS, sie waren reiner Sauerstoff, einfach Liebe eben.

Dennoch stimmte irgendetwas nicht, und ich glaube, meine Großmutter empfand es ähnlich: Sie war stets höflich zu ihm, doch nie vertraulich, sie blieb sozusagen auf Abstand, vielleicht aus Sorge, ihre Tochter könnte abermals wegen des falschen Mannes leiden. Was mich betrifft, kann ich kaum sagen, was mich an ihm nicht überzeugte – ich war noch klein und ging erst in die siebte Klasse –, aber auf mich wirkte er nicht wie ein richtiger Erwachsener und schon gar nicht wie die Väter meiner Freundinnen, obwohl er das gleiche Alter hatte. Wenn ich jetzt daran zurückdenke, würde ich sagen, er war wie die Jungen aus meiner Klasse, nur doppelt so alt und mit sehr viel mehr Geld.

Als er nach gut einem Jahr einen leisen Unwillen zu zeigen begann und das, was die große Liebe sein sollte, allmählich zum Schatten ihrer selbst verkam, brach die Hölle los. Die wahre Hölle. Sie machten Schluss und rauften sich wieder zusammen, und diesem Gefühlsballett opferte meine Mutter ihr urinnerstes Wesen: ihre Fröhlichkeit, ihre Lebensfreude – das Schönste, was sie hatte. Wenn sie wieder zusammenkamen, strotzte sie vor Energie und Überschwang, wenn er sie verließ, erkannte man sie nicht wieder. Auch ihre Arbeit als Sekretärin in einer Zahnarztpraxis litt darunter, die einzige, die sich nach zahllosen kurzen Aushilfsjobs in irgendwelchen Schulen gefunden hatte, nachdem sie die Hoffnung, Lehrerin zu werden, endgültig begraben hatte. Mehrmals kam sie zu spät und brachte wichtige Lieferungen durcheinander, bis man sie schließlich bat zu gehen. Eine mir endlos erscheinende Weile machte sie einen Haufen mies bezahlter Jobs. Hätten wir nicht ein Dach über dem Kopf und meine Großmutter gehabt, die uns unter die Arme griff, hätten wir wirklich alt ausgesehen. Damals fing ich an, sie beide inbrünstig zu hassen, ihn – heute weiß ich es –, weil er sich als selbstverliebter Lackel mit einem angeborenen Talent für Liebeswucher herausgestellt hatte, aber vor allem sie, weil sie sich so schwach und unfähig zeigte, dass ich in manchen Momenten meinte, es geschehe ihr recht, sie habe es verdient, so zu leiden.

Meine Großmutter, die bis dahin nur zugesehen hatte, fasste

sich eines Tages ein Herz und sprach die Sache an. Ich weiß noch, dass ich von der Schule nach Hause kam und sie diskutieren hörte. Sie hatten mich nicht hereinkommen hören, und ich hatte mich leise zur Wohnzimmertür geschlichen, um zu lauschen. Meine Großmutter klang bestimmt, fast streng. Ich stellte mir vor, wie sie mit verschränkten Armen neben der Balkontür stand und nach draußen sah, in Gedanken bei einer ganz ähnlichen Szene vor vielen Jahren. Meine Mutter sagte immer wieder in hartem Ton: »Halt dich da raus!«, und ich wartete nur darauf, dass eine der beiden plötzlich losschreien würde. Schließlich war meine Großmutter die ewige Litanei leid und wurde laut. »Hör auf, dich lächerlich zu machen, du hast eine Tochter, die sehr wohl zu beurteilen weiß, was hier vor sich geht!« Das war der Funke. »Das Problem ist nicht Alessandra, sondern du!«, schrie meine Mutter zurück. »Du hast immer über mich geurteilt, früher wie heute!« Dieser Satz barg sämtliche Sedimente der Vergangenheit, die die Zeit nicht abgetragen hatte und die ich nur erahnen konnte. Ich hatte sie nie so streiten hören und ertrug es nicht. Nach einer kleinen Weile schlich ich zurück und ließ die Wohnungstür laut ins Schloss fallen, um der müßigen Diskussion ein Ende zu setzen.

Wenig später erreichte die Beziehung zwischen Alberto und meiner Mutter ihre Endstation, als er ihr eröffnete, er habe eine andere. Als Mama es uns erzählte, tauschten Nonna und ich einen raschen Blick und rechneten mit dem Schlimmsten. Ich weiß es noch genau, es war an einem Sonntag beim Mittagessen, und sie ließ diese Worte wie ein Todesurteil klingen, wie etwas Unabwendbares, Endgültiges.

Zum Glück hatte meine Mutter zu der Zeit eine Anstellung als Immobilienmaklerin gefunden: Den ganzen Tag unterwegs zu sein, kreuz und quer durch die Stadt zu fahren und jungen Liebespaaren oder erfolgreichen Singles Wohnungen zu zeigen, lenkte sie ab. Endlich ein Job, der ihr wirklich gefiel, sie liebte die Wohnungen, die sie verkaufte, doch das Glück der Pärchen war ihr ebenso zuwider wie die Einsamkeit der Alleinstehenden, in der sie sich irgendwie wiedererkannte. Mit uns redete sie kaum, und ich hatte Angst, sie könnte eine Dummheit machen. Eine Zeitlang wollte sie noch nicht einmal Angela und Claudia sehen, die von meiner Großmutter telefonisch auf dem Laufenden gehalten wurden.

Dennoch hielt ich daran fest, sie hätte es sich selbst zuzuschreiben, und machte sie für alles verantwortlich, auch wenn ich im Grunde wusste, dass ich unrecht hatte: Man kann nicht entscheiden, wann man aufhört zu lieben, und ebenso wenig, in wen man sich verliebt. Aber ich war so bang um sie, dass ich hoffte, meine Vorwürfe könnten sie dazu bringen, sich aus diesem sinnlosen Leidensstrudel zu befreien. Als sie sich eines Abends fertigmachte, um alleine tanzen zu gehen, verurteilte ich sie innerlich, dachte, sie sei oberflächlich, baue nur Mist und würde nie erwachsen werden. Doch die Wahrheit war eine andere: Ich ertrug ihren Schmerz nicht. Sie so zu sehen riss mir den Boden unter den Füßen weg, machte mich hilflos, als hätte jemand das Häuschen umgeblasen, das mich bis dahin geschützt hatte, und mir gezeigt, wie zerbrechlich es war. Ich wollte eine starke, souveräne Mutter, die sich von nichts umhauen ließ. Wie die meiner Klassenkameradinnen, gepflegt, mit ihrer häuslichen Welt im Reinen, irgendwie komplett und vollkommen. Unerschütterlich, auch wenn es nicht stimmte, und es war egal, wie scheinheilig und selbstbezogen sie in Wirklichkeit waren.

Es dauerte eine ganze Zeit, bis meine Mutter über diese Geschichte hinwegkam, vielleicht kam sie auch nie darüber hinweg. Eines Sonntagmorgens, als wir in der Bar an der Piazza frühstückten und sie besonders gut gelaunt war, fragte ich sie, ob sie noch an Alberto denke. Sie sah mich mit ihrem einzigartigen Lächeln an und murmelte: »Ständig.« Dann beugte sie sich zu mir und streichelte mich. »Bist du noch verliebt in ihn?«, fragte ich bang. »Nein, nicht mehr«, sagte sie, ohne mich anzusehen, und dabei blieb es. Ich wusste, dass sie mir die Wahrheit sagte, doch die Traurigkeit in ihrem Blick tat mir weh. In dem Moment fühlte ich mich schuldig für all die Dummheiten, die ich ihr wie eine gekränkte Göre an den Kopf geworfen hatte. Ich sah sie an, und zum ersten Mal wurde mir klar, wie einsam sie sich gefühlt haben musste und sich womöglich immer noch fühlte. Aber sie ist ja so jung, dachte ich, sie hat alle Zeit der Welt, um sich neu zu verlieben.

2. Dezember

Was mache ich eigentlich um halb neun Uhr morgens unter einem bleiernen Himmel am Meer, mit einem Typen, den ich kaum kenne und den schon seit Jahren keiner mehr bei seinem richtigen Namen nennt? Vielleicht ist er wirklich ein verkappter Krimineller, allerdings hätte er mir dann an dem Abend im Mouse bestimmt nicht geholfen. Ein Arschloch macht sich nicht die Mühe, einen am Meer spazieren zu fahren und nach Hause zu bringen, sobald es einem besser geht. Ein Arschloch hätte es wie Giovanni gemacht, es hätte mich liegen lassen. Trotzdem bin ich unentspannt und weiß nicht, was ich sagen soll. Es war wirklich bescheuert von mir, ihm zu sagen, was der Rest der Klasse über uns denkt. Vielleicht glaubt er, ich sei hinter ihm her. Vielleicht bin ich es auch. An was denkst du, Zero, während wir schweigend nebeneinander hergehen, du mit deiner Zigarette, ich den Blick mal zum Himmel, mal auf meine Schuhspitzen gerichtet? Ich spüre ein seltsames Kribbeln im Magen, nicht, weil ich nicht gefrühstückt habe, sondern weil ich aufgeregt bin. Vielleicht ist es ganz gut, dass wir nicht reden, denn wenn ich so aufgeregt bin, zittert meine Stimme und ich lächle dümmlich.

Bei meinem ersten Kuss war ich so aufgeregt, dass ich zitterte. Mir ist kalt, habe ich zu Francesco gesagt und mein Gesicht an seiner Schulter vergraben. Zum Glück war es Winter und so eisig, dass es glaubwürdig klang. Als ich das erste Mal mit einem Jungen geschlafen habe, war ich betrunken und ein bisschen entspannter. Wir waren auf Klassenfahrt in Rom, und in unserem Hotel hatten wir Jungs aus Florenz kennengelernt. Marco gefiel mir sofort, er war süß und lustig. Ich bin froh, es das erste Mal mit jemandem getan zu haben, den ich nicht wiedersehen musste. Rückblickend fand ich es gar nicht so toll, aber ich wollte wissen, wie es ist, fast alle meine Freundinnen hatten es getan, und wenn sie darüber redeten, kam ich mir total dämlich vor. Marco war (einigermaßen) behutsam und zärtlich, aber ein Fremder, und während ich ihn anfasste und umarmte, kam ich mir ebenfalls wie eine andere vor, wie eine Unbekannte, die ich beobachtete. Nach unserer Abfahrt am nächsten Morgen schickte er mir einen Haufen alberner SMS, und als ich wieder zu Hause war, rief er an und sagte, er wolle mich besuchen kommen. Ich sagte ihm, ich müsse lernen, und legte auf. Danach kamen noch ein paar SMS, die ich unbeantwortet ließ.

Gabriele hat aufgeraucht. Ich folge der Flugbahn seiner Kippe, die er auf den Boden schnippt. Und was, wenn er es jetzt versucht?

Doch er tut nichts und schweigt. Also bleibe ich ebenfalls stumm und schalte auf die gleiche Wellenlänge. Schließlich sind wir Zero und Zeta, wie Diabolik und Eva Kant. Worte? Reine Verschwendung.

Während wir nebeneinander hergehen, fragt er mich plötzlich, ob ich rauchen will. Ich mache ein überraschtes Gesicht, doch er grinst, zieht ein stinknormales Zigarettenpäckchen aus der Jackentasche und zündet sich noch eine an. Grinsend steht er vor mir, die Sonne im Gesicht, die unversehens hinter einer großen, grauen Wolke hervorkommt und seine Augen zum Strahlen bringt.

Er ist hübsch, wenn er lächelt: Jetzt kann ich sie sehen, all die Mädchen, die er gehabt hat. Bestimmt hatte er für sie mehr Worte parat als für mich, vielleicht nur albernes Gelaber, aber immerhin echte Worte, nicht dieses Schweigen, zu dem ich mich aus Stolz und Angst zwinge, um jemanden zu mimen, der ich nicht bin.

Wir setzen uns in den Sand, er raucht, und ich blicke aufs Meer.

Wenn ich bloß wüsste, was man alles tun und sagen muss. Wenn es bloß nicht so schwer wäre, einen Fehler machen zu wollen. Es gelingt mir nicht, mich auf die windzerzausten Wellen und die auf dem grauen Wasser wogende Gischt zu konzentrieren. Ich sehe zu, wie er an seiner Zigarette zieht. Er wendet den Kopf, und diesmal sehen wir uns an, ohne zu lachen, wir sehen uns an, um zu begreifen, ob es uns bereits leidtut, hier in großes Schweigen gehüllt zusammen zu hocken, statt in der Schule zu sein. Er schnippt die Kippe ins Wasser und sieht mich wieder an.

Was siehst du wirklich von mir? Ich fühle mich gerade gut, und du?

Ich schlage den Jackenkragen hoch und schmiege mich an ihn. Gabriele legt mir den Arm um die Schulter und fragt, ob mir kalt ist. Ich schüttele den Kopf. Mir geht es gut, ich fühle mich geborgen, doch das sage ich ihm nicht. Er versucht nicht, mich zu küssen, hält mich einfach nur fest.

Jetzt ist das Meer wunderschön, und ich liebe diesen bleiernen Himmel.

Gabriele fängt als Erster an zu reden. Er erzählt mir, letzten Sommer sei er mit einem Freund nach Griechenland gefahren.

Er sagt, das Meer dort sei unfassbar blau. Ich muss lächeln, denn er klingt fast wie ein Kind, das gerade vom Karussell gestiegen ist. Er sagt, wenn er mit der Schule fertig sei, wolle er wieder hin, zur Not auch allein. Ich sage, ich sei noch nie in Griechenland gewesen und würde sehr gerne mal hin. Doch statt mich aufzufordern, ihn zu begleiten, ist er in Gedanken versunken, eingetaucht in das Blau seines Meeres, wo er niemanden braucht. Das ist das Gefühl, das Gabriele einem gibt: Er braucht nichts. In der Pizzeria war es genauso. Es hätte keinen Unterschied gemacht, wenn ich nicht da gewesen wäre.

Meine Mutter war einmal in Griechenland gewesen, als sie noch zur Uni ging. Auch sie bekam leuchtende Augen, wenn sie von dem Meer sprach. Sie nannte es das Meer der Götter, weil es unmöglich sei, nicht an etwas Ewiges zu denken, wenn man es in der Sonne funkeln sah. Und auch sie hatte gesagt, es sei das blaueste Meer, das sie je gesehen habe.

Ich starre auf die Wellen vor mir und stelle sie mir an einem fernen Meeresufer vor. Sie sammelt salzweiße Muscheln und ist derart gebannt von deren wundersamem Zauber, dass sie nicht zu mir zurückkehren kann. Es ist wie der magische Kamm der Zauberin, der Gerda in einen Schlaf des Vergessens sinken lässt.

Plötzlich zerreißt heftiger Donner die Stille. Wir sehen zum Himmel auf, der inzwischen noch dunkler und bedrohlicher geworden ist. »Vielleicht sollten wir besser gehen«, sagt Gabriele leise. Widerwillig löse ich mich aus der Umarmung, und wir stehen auf. Der Wind weht mir das Haar ins Gesicht. Ich krame ein Haargummi aus der Jeanstasche und will sie gerade zusammenbinden, als Gabriele mich an sich zieht und küsst.

Es ist ein sanfter Kuss, und als wir uns voneinander lösen, kommt er mir ewig vor. »Wenn wir hierbleiben, riskieren wir eine Dusche«, sage ich, um die Betretenheit zu zerstreuen. »Wenn du willst, können wir zu meinem Freund Petrit in die Wohnung. Der ist jetzt bei der Arbeit«, sagt er und streicht mir das Haar aus dem Gesicht. Ich antworte nicht sofort, bestimmt sieht man mir meine Zweifel an. »Keine Bange«, sagt er belustigt, »ich falle nicht über dich her.« Ich werde knallrot und sage, ist gut, auch wenn ich vom Gegenteil überzeugt bin. Er küsst mich noch einmal, und wir gehen zum Roller zurück.

Die besagte Wohnung befindet sich in einem Sechzigerjahre-Mietshaus am Stadtrand, eines dieser Gebäude, die weder alt noch neu sind und einen an einem trüben Sonntagnachmittag todtraurig machen können. Hier und da ist die Farbe abgeblättert, und unter den Balkonen sieht man die rostigen Eisenstreben. Von außen ist es potthässlich, doch als wir die Wohnung betreten, atme ich erleichtert auf, denn sie ist hell und ordentlich und man sieht, dass sie erst kürzlich gestrichen wurde: Es riecht nach Farbe, und die Wände sind blendend weiß. Die Einrichtung besteht aus wenigen zusammengewürfelten Möbelstücken, als wäre jemand gerade ausgezogen und hätte ein paar wertlose Gegenstände zurückgelassen.

Gabriele zeigt mir sein Zimmer und erklärt mir, dass er inzwischen fast ständig hier wohnt und nur ganz selten nach Hause geht, weil er sich mit seinem Vater nicht versteht. Als ich ihn nach dem Grund frage, antwortet er nicht. Ich muss an seine Mutter am Elternsprechtag denken und hake nicht weiter nach; ganz offensichtlich ist der Vater nicht gerade sein Lieblingsthema.

Sein Zimmer ist äußerst spartanisch und alles andere als eingerichtet. Das Bett besteht aus zwei aufeinandergelegten Matratzen. Der Nachttisch daneben ist in Wirklichkeit ein großer, runder Couchtisch. An der einen Wand steht eine niedrige, lange, mit Klamotten zugekramte Truhe. Auf dem Boden liegt ein großer grünrosa Kelim, und hinter dem Bett türmen sich stapelweise Comics. Ohne mir die Jacke auszuziehen, hocke ich mich zögernd auf den Teppich. Ich tue so, als würde ich mich umschauen, um seinem Blick nicht zu begegnen, und denke, dass mit ihm mitzukommen keine so tolle Idee war. Ich sehe zu, wie er sich aus der Jacke schält und die Zigaretten aufs Bett wirft, dann nimmt er etwas von der unteren Couchtischplatte und fragt mich, ob ich Karten spielen kann. Überrascht und erleichtert sehe ich ihn an. »So einigermaßen«, antworte ich grinsend. Es ist sonnenklar, dass das gelogen ist, doch das ist mir egal. »*Sette e mezzo*?« – »Okay«, antworte ich und ziehe mir die Jacke aus. Wir fangen an zu spielen. Nebenher frage ich ihn nach der Wohnung und nach Petrit und erfahre, dass er und Gabriele letzten Sommer zusammen auf dem Bau gearbeitet haben, kurz bevor Gabriele nach Griechenland gefahren ist. Er redet von ihm wie von einem großen Freund oder einem Vater. Zu gerne würde ich fragen, wieso er sich mit seinem Vater nicht versteht, aber ich lasse es bleiben. Er hingegen scheint sich ganz auf seine Karten zu konzentrieren, als hätte ich mich auf einmal in einen Kneipenkumpel verwandelt. Der Kuss, der Spaziergang am Meer: futsch.

Nach einer Weile wird ihm klar, dass ich es mit Karten nicht so habe. Ein paarmal verbessert er mich und muss über meine derben Patzer lachen. Ich mag es, wenn er lacht, sein Gesicht sieht ganz anders aus, wie bei meiner Mutter, die wie ausgewechselt schien, wenn sie lachte. Als er zum x-ten Mal die

Karten mischt, protestiere ich und sage, dass ich keine Lust mehr habe, doch er macht unverdrossen weiter. Inzwischen ist das Eis gebrochen, die Stimmung ist entspannt, und ich würde ihn gerne küssen. Aber nur küssen. Lachend lässt er die Karten von einer Hand in die andere gleiten, um mich zu necken. »Dann lass uns was anderes spielen, bitte«, sage ich entnervt und schlage Herzeln vor. Sofort bereue ich es wegen der platten Anspielung. Ein Blödmann würde jetzt eine alberne Bemerkung machen. Gabriele nicht. Er lächelt, aber nur, weil er meint, es sei ein schweres Spiel. »Wie willst du Herzeln spielen, wenn du schon nicht Sette e mezzo kannst«, sagt er kopfschüttelnd. Ich mache ein eingeschnapptes Gesicht und bestehe darauf. Er verteilt die Karten, und es geht los. Bei jeder Runde wird sein Stapel dicker, derweil meiner sich auf wenige Zufallstreffer beschränkt. Ich verliere sämtliche Runden, und nach nur einer knappen halben Stunde fragt er mich, ob ich noch immer glaube, ich könnte spielen. Schnaubend strecke ich die Waffen, reiße ihm das Kartenspiel aus den Händen und werfe es ihm lachend ins Gesicht. Er packt mich bei den Armen, zieht mich an sich, wir kippen auf den Teppich und eine Rangelei aus Küssen und Zärtlichkeiten beginnt. Dann senkt sich Schweigen herab, und man hört nur noch unseren Atem und das Rascheln der Kleider unter unseren Händen.

Als wir voneinander ablassen, ist mein BH offen, das Top hochgerutscht und das Sweatshirt ein Knäuel im Nacken. Gabriele hat sich den Pulli ausgezogen und liegt im T-Shirt da. Ehe noch mehr passieren kann, setze ich mich auf, ziehe das Sweatshirt herunter und sehe ihn an. Er liegt da, den Arm unterm Kopf, und blickt mich mit gleichmütig fragenden Augen an. Ich weiß nicht, was ich sagen soll, doch es ist klar, dass ich auf das Rumgefummle mit ihm keine Lust mehr habe. Keine Ahnung, was mit mir los ist, auf einmal erscheint mir alles verkehrt: der Spaziergang am Meer, diese Wohnung, aber vor allem Gabriele, der mir jetzt noch fremder ist als vorher. Die Stille ist peinlich, aber nur mir, weil ich am liebsten aufstehen und gehen will. Ihm macht es bestimmt gar nichts aus. Man sieht, dass er keiner von denen ist, die was klarstellen müssen und einem hinterherlaufen. Beklommen sehe ich mich um, doch mein Blick findet nichts, an dem er sich festhalten kann. Instinktiv greife ich nach einem der Comicstapel und nehme eines herunter. »Liest du diesen Kram?«, frage ich und blättere lustlos darin. »Kram?«, fragt er empört zurück, setzt sich auf und reißt mir den Comic aus den Händen. »Dieser KRAM ist dreitausendmal besser als der Scheiß, den wir in der Schule machen. Diese Leute haben echt was drauf, nicht wie die armen Loser, die sich vor die Klasse stellen.« Es ist das erste Mal, dass ich ihn so vehement erlebe. Selbst in der Schule, wenn ein Lehrer auf ihm herumhackt und irgendjemand mit verletzender Dreistigkeit losgrölt, habe ich ihn nie so gesehen. »Willst du, dass deine Zeichnungen auch eines Tages veröffentlicht werden?«, frage ich, froh über diese ungewohnte Reaktion. »So gut bin ich nicht.« Er greift nach dem Pulli und schlüpft hinein. »Wie willst du das wissen?« – »Man weiß, ob man gut ist oder nicht, so etwas weiß man einfach.« – »Ich finde, du bist gut.« Ich versuche überzeugend zu klingen. »Aber du hast meine Zeichnungen doch noch nie gesehen«, erwidert er belustigt. »Klar habe ich die gesehen, zumindest die, die du dem Kunstlehrer gezeigt hast.« – »Das hat nichts mit zeichnen zu tun, richtig zeichnen ist was anderes. Das, was ich mit in die

Schule gebracht habe, könntest du auch.« Ich pruste los. »Ich? Wenn ich so zeichnen könnte, wäre ich überglücklich. Dann wüsste ich wenigstens, das ich was könnte.« Er wirft mir die Zigaretten zu. »Hör doch auf«, sagt er grinsend, »du verzapfst vielleicht einen Scheiß.« Dann fügt er leise hinzu: »Und weißt noch nicht mal, was du willst.« Ich tue so, als hätte ich es nicht gehört und bleibe auf sicherem Terrain. »Wie auch immer, ich finde, du bist gut, und außerdem hat es Greci auch gesagt.« – »Na, wenn's Greci gesagt hat, dann ist es ja gut«, sagt er sarkastisch. »Wieso?«, frage ich enttäuscht. »Der ist ein Loser, ein armer Wicht.« – »Und was hat das damit zu tun? Immerhin ist er der Einzige, der dich immer verteidigt.« – »Der ist eine arme Sau«, murmelt er bitter. »Und was lässt dich glauben, dass wir besser sind? Wenn man nur halb so alt ist und in der Schule abhängt, hat man gut reden«, erwidere ich eisig und wundere mich über meine Schlagfertigkeit. »Ich finde nicht, dass Greci ein Loser ist, er hat nur das Pech, ein ernsthafter Mensch in einem Haufen von Witzfiguren zu sein.« Auf einmal bin ich enttäuscht von dem, was er über unseren Lehrer gesagt hat. So ein Arsch, denke ich und stehe wortlos auf.

Er steht ebenfalls auf und zieht sich die Jacke an. »Hast du Hunger?«, fragt er. »Lass uns was essen gehen.« Er lächelt ironisch. »Hinterher hat man doch immer Hunger, oder?« Ich funkele ihn vernichtend an. So ein Blödmann. Er knufft meinen Arm und grinst. »Komm schon, war nur ein Scherz. Du solltest nicht wegen jedem Mist sauer werden, das tut dir nicht gut.« – »Hört, hört!« Ich knuffe ihn zurück. Ich ziehe die Jacke an und tue so, als sei ich noch immer eingeschnappt. Als ich mit dem letzten Knopf fertig bin, nimmt er mich sanft beim Arm und schiebt mich aus dem Zimmer. Im Flur zieht er mich an sich und gibt mir einen Kuss, vielleicht der linkische Versuch, den schlechten Witz wieder wettzumachen.

Wir fahren eine Weile herum, ehe wir etwas finden, das ihm zusagt. Seiner Meinung nach werden sämtliche Bars im Zentrum von Arschlöchern betrieben und von stinkreichem Pack frequentiert. Ich überlasse die Entscheidung ihm und lasse mich durch sämtliche Straßen kutschieren, die er kennt. Einbahnstraßen und Fußgängerzonen, wir fahren, als wäre tiefe Nacht und kein Mensch unterwegs, verstoßen gegen sämtliche Verkehrsregeln und kassieren mehrmals lautes Gehupe. Schließlich halten wir an einem der Imbisse an der Landstraße. Gabriele kennt den Besitzer, kaum sind wir da, fangen sie sofort an zu reden. Der Typ sieht mich ein paarmal an, dann murmelt er Gabriele was zu, der mehrmals den Kopf schüttelt; ich höre genau, was er sagt: »Ist nur eine Klassenkameradin«, sonst nichts. Als wir unsere Riesenbrötchen verdrückt haben, die uns der Typ gemacht hat, sehe ich auf die Uhr. Es ist fast Mittag, und ich habe keine Lust mehr, in dieser Bude rumzuhocken, mit Gabriele in einem weißen Plastikstapelstuhl neben mir, der, ohne ein Wort mit mir zu reden, den Autos nachsieht. Als ich ihn was frage, antwortet er einsilbig und scheint ganz von der Straße in Beschlag genommen zu sein. Na bitte, denke ich, der Zauber ist dahin, Caravaggio ist wieder ein Kürbis und ich das unsichtbare Mädchen. »Ich gehe, ich hab keinen Bock mehr, hier abzuhängen.« Ohne die Antwort abzuwarten, gehe ich zum Roller. »Okay«, höre ich ihn sagen, »mach's gut«, und bin einigermaßen angepisst, weil er rein gar nichts unternimmt, um mich zurückzuhalten. Als ich auf den Roller steige, sieht er kurz zu mir herüber, dann starrt er wieder auf die Straße. Mach's selber gut, denke ich, und starte gekränkt und ratloser denn je den Motor. Ganz wohl ist mir nicht dabei, ihn einfach hier sitzen zu lassen, aber was soll ich mit einem machen, der mich nach einer Weile noch nicht mal mehr sieht?

Ehe ich nach Hause fahre, mache ich noch einen Abstecher ans Meer und versuche, in den vergangenen Stunden einen Sinn zu erkennen. Tagelang passiert nichts, und dann ist man plötzlich mit einem unterwegs, von dem man noch nicht mal weiß, wer er ist, und zu allem Überfluss knutscht man auch noch rum. Wenn ich mir alle Etappen dieser Geschichte vor Augen führe, sehe ich nur ein einziges großes Durcheinander. Hätte ich ihn bloß nicht geküsst, dann wäre ich jetzt nicht so durch den Wind. Ich verstehe überhaupt nichts mehr. Es ist so schwer, alles irgendwie unter einen Hut zu bringen, die eigenen Empfindungen und das, was man von den Menschen mitgekriegt zu haben meint. Ich weiß einfach nicht mehr, was ich denken soll, was ich brauche. Zumindest in dem Punkt hat Gabriele recht.

Als ich nach Hause komme, ist das Mittagessen schon fertig. Obwohl ich keinen Hunger habe, setze ich mich an den Tisch. Der Fernseher läuft und übertönt die bedrückende Stille, die sich jedes Mal herabsenkt, wenn wir beim Essen sitzen. Meine Großmutter fragt mich immer das Gleiche: Wie's in der Schule war, ob ich drangekommen bin, ob ich viele Hausaufgaben aufhabe. Und ich antworte jeden Tag das Übliche. Wir klingen wie eine kaputte Schallplatte. Doch heute habe ich ein schlechtes Gewissen. Heute fehlst du mir. Zum Glück kommt Rosa um zwei. Mit ihr kann ich ein wenig lockerlassen und zeigen, dass ich nicht so gut drauf bin. Sie würde es sowieso merken. Sie weiß, wie schwer es ist. Das merke ich daran, wie sie mich ansieht, wie sie die Dinge in deinem Zimmer berührt. Sie ist sanft und kraftvoll zugleich.

Manchmal glaube ich, ich müsse anfangen zu schreien, einfach so, ganz plötzlich. Schreiend nach dir rufen, während wir bei Tisch sitzen, genau wie du, wenn das Essen fertig war und ich vor dem Computer hockte und einfach nicht kam. Ich erinnere mich noch an diese Szene in dem Film *Incompreso*, als der kleine Junge unter der Dusche steht und wie gewohnt nach seiner Mama rufen will und der Ruf ihm im Halse steckenbleibt, weil seine Mutter tot ist. So etwas passiert. Doch ich würde es nicht aus Versehen tun, sondern weil ich diese unwirkliche Stille, die deine Abwesenheit noch unerträglicher macht, nicht ertrage.

Als ich aufgegessen habe, gehe ich sofort in mein Zimmer und lasse Nonna allein die Küche aufräumen. Ich schalte den Computer ein und sehe eine Nachricht von Sonia, die mir schreibt, sie habe mit Giovanni geredet und sei verzweifelt, weil er nichts mehr von ihr wissen will. Sie hat fast sämtliche Silben durch diese albernen, blöden Icons ersetzt, und mein erster Impuls ist, alles zu schließen und sie zu ignorieren. Doch als sie mich fragt, ob sie zu mir kommen kann, antworte ich »okay« und lasse mich aufs Bett fallen. Um nicht alleine zu bleiben, ist mir heute sogar Sonia recht. Vielleicht war ich deshalb heute Morgen mit Gabriele zusammen. Vielleicht. Auch.

Ich schließe die Augen, denke an die Küsse von vor wenigen Stunden, an Gabrieles Haut auf meiner, und frage mich, was ich empfinde, ob ich ihn wiedersehen will. Nicht mal Handynummern haben wir ausgetauscht. Schlechtes Zeichen.

Was für eine beknackte Losergeschichte, denke ich. Würde ich sie jemandem erzählen wollen, wüsste ich nicht, wie. Sie hat weder Hand noch Fuß.

Sonias Augen sind rot und geschwollen. Hoffentlich hat sie niemand so gesehen. Kaum sind wir in meinem Zimmer, fängt sie auch schon an zu schluchzen. Dann zieht sie die Nase hoch, und als sie endlich zu erzählen beginnt, bricht es regelrecht aus ihr heraus. Giovanni ist mit der anderen nicht mehr zusammen, aber er denkt gar nicht daran, wieder mit ihr zusammenzukommen, das hat er ihr heute früh gesagt. Er sei in keine verliebt (schöner Trost), und auch ihr kleines Intermezzo letzten Sommer sei für ihn nie was Ernstes gewesen. Seit zwischen ihnen Schluss sei, habe er nicht mehr an sie gedacht. Erstaunlich, dass ein Typ wie er so ehrlich sein kann. Ich dachte, der würde einem bis zum Abwinken was vormachen, statt einem reinen Wein einzuschenken. Ich versuche mir vorzustellen, wie er sie wohl angesehen hat, ob er aufrichtig geklungen hat wie jemand, der weiß, dass der andere ihm nichts bedeutet, weil ihm gerade niemand etwas bedeutet, oder gewohnt überheblich, weil er jedes Mädchen haben kann. Die zweite Variante ist wahrscheinlicher, und ich versuche Giovanni einen Tiefgang anzudichten, den er nicht hat.

Ich warte, bis Sonia ihre letzte Träne verdrückt hat, und rate ihr, ihn bloß zu vergessen, doch sie antwortet nicht und denkt schluchzend laut vor sich hin, als hätte ich mich plötzlich in einen unbesetzten Beichtstuhl verwandelt, wo sie gemütlich vor sich hin grübeln kann: Wie ist es möglich, dass er nichts mehr für sie empfindet, wenn er doch bis vor wenigen Monaten etwas empfunden hat? Ihre verstockte Verzweiflung ist einfach lächerlich. Ich seufze irritiert und merke vorsichtig an, dass er vielleicht gar nicht so verliebt war. Hatte er das nicht auch gesagt? Aber vielleicht sollte ich sie vom Gegenteil überzeugen und ihr sagen, was sie hören will, deswegen ist sie schließlich hier. Und tatsächlich wird gleich vehement gekontert: »Nein, ich bin sicher, letzten Sommer hat es ihm was bedeutet, und wie, aber dann ist diese Schlampe aufgetaucht …« Nichts zu machen, es ist müßig. Ich sage ihr, sie solle es nicht so schwernehmen und die Augen offen halten: Einen besseren fände sie vielleicht nicht, aber genauso einen allemal. Der Witz könnte abgedroschener nicht sein, aber immerhin hört Sonia kurz auf zu weinen. Dann wird sie wieder todernst und stellt mir die Frage, die ich am allerwenigsten hören will: »Du würdest es mir doch sagen, wenn er es bei dir versuchen würde, oder?« Verzweifelt blicken mich ihre großen, wässrigen blauen Augen an. Genervt von ihrer weinerlichen Scheinheiligkeit springe ich vom Bett auf. »Bist du deshalb hier? Um dir darauf eine Antwort abzuholen?« Als sie kapiert, dass sie zu weit gegangen ist, umarmt sie mich. »Entschuldige, entschuldige, entschuldige.« Sie drückt mir einen Kuss auf die Wange. »Du hast recht, das war blöd. Ich weiß nicht, was mich geritten hat. Du hast recht, diese Sache macht mich völlig kirre. Lass uns das Thema wechseln: Wo warst du heute Morgen?« – »Unterwegs«, antworte ich obenhin. »Alleine?« – »Ja«, lüge ich und bereue es sofort, aber nicht wegen ihr, sondern wegen Gabriele. Das ist nicht fair. Ich wette, wenn ich ihr alles erzählen würde, wäre Giovanni in zwei Sekunden vergessen. »Gabriele war heute auch nicht da«, sagt sie und streckt sich auf dem Bett aus. »Schön für ihn«, gebe ich gespielt gleichgültig zurück und mustere Sonias Gesicht, um zu sehen, ob sie was weiß und mir auf den Zahn fühlen will. Ich traue ihr nicht mehr, wer weiß, was die Klatschbasen einander an dem Morgen erzählt haben, als ich mit Silvia gestritten habe. Vielleicht hat uns jemand zusammen gesehen, und jetzt weiß es die ganze Schule. Plötzlich wird ein kleiner Fehltritt zu einem lästigen Problem. »Das ist echt eine ganz arme Sau«, fährt sie fort. »Hast du mal die Mutter gesehen? Die sieht total scheiße aus, ich glaube, die werden tatsächlich vom Sozialamt betreut. Der Vater ist Alkoholiker, wusstest du das?« Ich antworte nicht, so sehr beschäftigt mich die Frage, ob uns jemand gesehen haben könnte und ob wir drauf und dran sind, zum neuesten Schulklatsch zu werden. Wie konnte ich bloß mit ihm losziehen? Was ist los mit mir? Bei dem Gedanken, dass ich Sonia gerade scheinheilig genannt habe, muss ich fast lachen. Und ich? Ich bin mindestens genauso schlimm.

Ich kann nicht mehr klar denken, Sonia soll endlich damit aufhören, doch sie redet weiter. »Wie auch immer, du solltest dir einen anderen Platz suchen, wie bist du überhaupt drauf gekommen, dich neben den zu setzen?« Endlich mal ein wahres Wort von ihr. Morgen suche ich mir einen anderen Platz, Gabriele ist es sowieso schnuppe, ob ich neben ihm sitze. Allerdings würde es total bescheuert rüberkommen und ich würde mich noch mieser fühlen. Ich lenke das Thema wieder auf Giovanni, das erscheint mir sicherer, und Sonia beißt an. Noch einmal spult sie alles ab, und ich tue so, als hörte ich zu.

Als sie eine Stunde später geht, schmeiße ich mich aufs Bett und denke an Gabriele. Vielleicht ist es besser, ich treffe ihn außerhalb der Schule nicht mehr. Ein paar Dinge heute waren schön, aber er ist trotzdem eine harte Nuss, für mich vielleicht gerade zu hart. Inzwischen ist es Abend geworden und ich werde ruhiger. Nach all dem Gezacker der letzten Stunden erwische ich mich bei der Frage, ob er wohl gerade an mich denkt, und vor allem, was er von mir denkt. Tatsache ist, dass wir uns überhaupt nicht kennen und ich eine Heuchlerin bin. Tatsache ist, dass er nett war und ich ihm vertraue. Zum Glück habe ich seine Handynummer nicht, sonst würde ich ihm jetzt eine SMS schicken. Was für ein Durcheinander, es ist alles so kompliziert. Zum Teufel mit Sonia, der Schule, Giovanni. Zum Teufel mit allen. Auch mit Gabriele.

3. Dezember

Heute bin ich völlig paranoid eine halbe Stunde früher in die Schule gekommen. Kaum habe ich einen Fuß in die Klasse gesetzt, habe ich nur darauf geachtet, wie alle mich angucken und grüßen, als würde es irgendjemanden interessieren, wie ich meine Zeit totschlage, wenn ich blaumache. Ich bin wirklich nicht mehr ganz dicht. Wie zu erwarten, passiert nichts. Alles ist geradezu quälend normal, und auch als Gabriele kommt, schaut kaum jemand auf. Als er sich setzt, tue ich so, als sei ich völlig in meine Matheaufgaben vertieft, und wir grüßen uns kaum, genau wie letzte Woche. Mir wird klar, dass ich maßlos übertrieben habe. Während dieser Vormittag in schier betäubender Normalität verrinnt, muss ich mir frustriert eingestehen, dass ich ein dummes, hysterisches Huhn bin. Gabriele sagt kein Wort, in der Pause geht er wie üblich rauchen. Ich kann ganz beruhigt sein, dabei bin ich es kein bisschen. Glühende Enttäuschung packt mich angesichts all dessen, was NICHT passiert. So ist es also: Er hat's versucht, und weil es nicht gelaufen ist wie erhofft, tun wir jetzt so, als wäre nichts gewesen.

Plötzlich weichen all meine Befürchtungen einer leise stechenden Wut, doch ich will sie nicht zeigen und tue so, als würde ich dem Unterricht folgen. Es ist alles vorbei, aber immerhin haben wir's versucht. Das ist Claudias Lieblingsfloskel; wie oft habe ich sie das zu meiner Mutter sagen hören, wenn wieder einmal eine ihrer Beziehungen in die Brüche gegangen war. Besser so, genau das wollte ich doch eigentlich, oder? Gut gemacht, Gabriele, du hast meine Gedanken gelesen.

Als die letzte Stunde rum ist, schnappt er sich seinen Rucksack vom Boden und geht. Er verabschiedet sich so leise, dass ein fallendes Herbstblatt dagegen wie Kanonendonner klingt. Ich hauche ihm ein Ciao nach, das er garantiert nicht gehört hat und gehe nach Hause, um zu feiern. Ich bin froh, dass heute Angela und Claudia kommen, wenigstens kann ich dann einen Moment lang an etwas anderes denken.

Als ich nach Hause komme, sind die beiden noch nicht da, also surfe ich ein bisschen im Netz und höre mir das Horoskop von Paolo Fox an: Heute sind Sie nervöser als sonst, ein Streit mit dem Partner liegt in der Luft. Welcher Partner?

Was stand wohl in deinem Horoskop, als du gestorben bist.

7. Dezember

Seit zwei Tagen war Gabriele nicht in der Schule, und er fehlt mir ein bisschen. Heute regnet es. Ich stelle mir vor, dass er in Petrits Wohnung rauchend auf seinem Bett liegt und Comics liest. Er denkt nicht an mich, und das ist gut so. Als er meinte, ich wisse nicht, was ich wolle, hatte er recht. Das verwirrt mich ja so: zu wissen, dass er etwas von mir weiß, das ich nicht weiß. Darum mag ich ihn. Na bitte, jetzt ist es raus. Ich kann nicht sagen, warum, aber wenn man mit ihm zusammen ist, merkt man sofort, dass er ziemlich genau kapiert, wie man tickt. Sehr genau sogar. Zwar hackt er auf allem und jedem herum, auf den Lehrern, der Schule, den Eltern, aber letztlich ist jeder auf irgendwen sauer.

Ich bin müde und schlecht drauf und außerdem habe ich zum ersten Mal in meinem Leben nichts für die Schule getan. Scheiße, zum Glück ist morgen Feiertag.

12. Dezember

Jetzt kommt das, wovor ich mich die ganze Zeit gefürchtet habe: Weihnachten. Bis dahin sind es noch weniger als zwei Wochen, und am liebsten würde ich verschwinden, aber eigentlich beunruhigt mich etwas anderes. Nonna ging es nicht gut. Eine leichte Depression hat der Arzt gesagt, sie solle sich ablenken. Ich habe sofort Claudia angerufen, die noch am selben Abend gekommen ist. Vielleicht hätte ich auch Angela Bescheid sagen sollen, aber in solchen Dingen ist Claudia besser: Wenn sie einen ansieht und sagt, alles wird gut, dann glaubt man es, und meistens hat sie recht. Nur bei Mama hat es nicht funktioniert. Claudia hat gesagt, ihre Mutter würde demnächst nach Ischia zu den Thermen fahren, Nonna könnte doch mit und sich ein bisschen zerstreuen. Schon möglich, habe ich gedacht, aber Nonna würde bestimmt nie ohne mich fahren. Doch als Claudia sie fragte, war sie sofort einverstanden. Sie muss wirklich sehr erschöpft sein, sonst würde sie nicht mit einer Wildfremden wegfahren, und das noch so kurz vor Weihnachten. Doch ja heißt ja, also haben Claudia und ich ihr beim Packen geholfen, und heute Morgen ist sie aufgebrochen. Ehe sie ins Auto stieg, hat sie mich geküsst und mit tränenfeuchten Augen angesehen, so dass wir schon glaubten, sie würde einen Rückzieher machen. Doch tatsächlich bin ich jetzt ganz allein zu Hause. Nur Rosa schaut jeden Tag vorbei, das hat sie Nonna versprochen, und ich habe nichts dagegen.

In der Schule wird nur noch über die Prüfungen geredet.

Langsam fange auch ich an, über das Danach nachzudenken, darüber, was ich machen soll, was ich werden will. Meine Mutter hat immer für die Uni plädiert, sie meinte, das sei wichtig, doch jetzt, da sie nicht mehr hier bei mir ist, fällt es mir noch schwerer, an die Zukunft zu denken. Ich weiß einfach nicht, mit wem ich darüber reden soll. Natürlich hatten wir schon darüber gesprochen, aber es schien, als bliebe uns noch alle Zeit der Welt. Ein paar Monate vor ihrem Tod hatte sie mich wieder danach gefragt, und ich hatte ihr gesagt, dass ich gern Mathe studieren würde. Lächelnd hatte sie geantwortet: »Sehr gut, du wirst sehen, das macht dir großen Spaß. Du warst schon immer gut in Mathe.« Sie schien froh zu sein und zugleich traurig, denn sie wusste, dass sie meinen Uniabschluss und selbst mein Abi nicht mehr erleben würde. Auf der Uni-Website habe ich mir schon mal die Studienpläne angesehen. Ja, ich glaube, ich mache Mathe, ich will dazu stehen.

Derweil ignoriert mein wertes Genie mich mehr denn je. In den vergangenen vier Wochen war er, wenn's hochkommt, zehn Tage in der Schule, und jedes Mal wenn er aufgerufen wurde, hat er keinen Ton gesagt. Vorgestern war er nicht da und heute hat er sich ebenfalls nicht blicken lassen. Als Greci in der dritten Stunde die Liste durchgeht und feststellt, dass er fehlt, fragt er, ob jemand etwas weiß. Sonia dreht sich kurz zu mir um und kichert mit Ilaria. Blöde Kühe. Inzwischen sind sie wie A-Hörnchen und B-Hörnchen, doch das wird nicht lange halten. Früher war ich auch einmal mit Ilaria befreundet, doch ihre Auffassung von Freundschaft ist ziemlich variabel. Sie sucht sich ihre Freundinnen aus wie ihre Klamotten, je nachdem, was ihr gerade in den Kram passt. Doch sie ist das hübscheste Mädel der ganzen Schule, und alle sind hinter ihr her. Wenn man unbedingt jemanden treffen will, dann ist man mit Ilaria auf der sicheren Seite, und Sonia sucht nur eine Gelegenheit, endlich wieder mit Giovanni zu reden.

Grecis Frage bleibt unbeantwortet, und da ich sowieso alleine bin und nichts vorhabe, beschließe ich, nachmittags ein bisschen Detektiv zu spielen und ihn suchen zu gehen. Eine Entschuldigung habe ich schon, schließlich ist er mein lieber Banknachbar! Wer weiß, vielleicht geht es ihm nicht gut oder er hat die Flinte kurz vorm Abi ins Korn geschmissen. Ersteres erscheint mir wahrscheinlicher. Wenn er beschlossen hätte, hinzuschmeißen, hätte er das schon viel früher getan, und wer weiß, vielleicht ist ihm dieses Abi wichtiger, als wir alle glauben.

Als Grecis Stunde rum ist, hole ich ihn im Flur ein und sage ihm, dass ich am Nachmittag bei Gabriele vorbeischauen will. Er begleitet mich ins Sekretariat und lässt sich die Adresse geben. Ich sage nichts, obwohl ich weiß, dass Gabriele dort so gut wie gar nicht mehr wohnt. Greci stellt keine Fragen. Er mag ein Loser sein, aber blöd ist er nicht. Er bittet mich lediglich, ihn wissen zu lassen, falls Gabriele krank ist oder es sonst irgendwelche Probleme gibt, und dabei sieht er mich an, als wollte er sichergehen, dass ich kapiert habe, welche Art Probleme er meint. Ich weiß zwar nicht, worauf er anspielt, aber mich würde sowieso nichts mehr wundern. Vom Ermittlungsfieber ergriffen, beschließe ich, nicht gleich zu Petrit, sondern zuerst zu ihm nach Hause zu fahren.

Ich brauche nicht lang, um zwischen all den identischen Mietshäusern das richtige zu finden. Erleichtert stelle ich fest, dass das Viertel weniger trostlos ist als erwartet. Ich drücke die Klingel, doch niemand reagiert. Als eine Frau aus dem Haus kommt, nutze ich die Gelegenheit und schlüpfe hinein. Auf einem der Türschilder im dritten Stock lese ich seinen Nachnamen. Ich zögere einen Moment, dann drücke ich auf den Knopf. Zwei lange, nachdrückliche Klingeltöne. Genervt öffnet ein dunkelhaariger Mann mit zerfurchtem Gesicht. Als ich mich vorstelle, fragt eine weibliche Stimme aus dem Hintergrund, wer an der Tür sei. Es ist die Stimme seiner Mutter. »Ich suche Gabriele«, sage ich beklommen, während der Mann mich mustert, »ich bin eine Klassenkameradin.« – »Seit wann hat Gabriele Klassenkameraden?«, gibt der Mann, der sein Vater ist, sarkastisch zurück. Da taucht Gabrieles Mutter auf, schiebt ihn zur Seite und fragt bang: »Du suchst Gabriele? Bist du eine Mitschülerin?« Sie trägt einen karierten Wollrock und einen braunen Pulli mit ausgeleiertem Ausschnitt. Ihr Haar ist zu einem Dutt gebunden, ihr Blick aus dunkelumränderten Augen ist derselbe wie damals in der Schule, traurig und besorgt. Ich sage ihr, die Lehrer hätten mich gebeten, ihm die Hausaufgaben zu bringen. »Bist du seine Freundin?« Sie lächelt matt und wirft dem Mann einen demütigen Blick zu. Ich werde dermaßen rot, dass ein kleines Grinsen in seinem Gesicht aufflackert, doch dann sagt er barsch, Gabriele wohne nicht mehr hier, Nichtstuer seien in diesem Haus unerwünscht. Seine Stimme klingt wie die eines alten Mannes, der sein Leben lang gesoffen und sämtliche Kippen gequalmt hat, die ihm in die Finger kamen, dabei dürfte er höchstens fünfzig sein. Die Augen der Mutter füllen sich mit Tränen. Wenn ich Gabriele sähe, solle ich ihm sagen, dass sie ihn liebhaben. Ich bleibe wie angewurzelt stehen und sehe zu, wie sie still vor sich hin weint. Plötzlich möchte ich selbst losheulen, doch nicht wegen ihr. Wegen mir. »Gabriele ist volljährig«, sagt der Vater barsch, »er kann tun, was er will, und wenn er nicht zur Schule geht, ist das nicht mehr unser Problem.« Doch ich höre schon gar nicht mehr hin, all diese Traurigkeit hat mich angesteckt. Inzwischen ist es mir gleich, weshalb ich hier stehe, alles ist mir gleich. Wieder starre ich die Frau an, sehe ihren erloschenen Blick, als hätte sie etwas verloren, und weiß, nicht sie tut mir leid, sondern ich tue es. Es ist nicht ihre Einsamkeit, die mir Angst macht, sondern meine, und in ihren Augen erkenne ich die meinen, wenn ich mich verloren fühle. Ich nuschele etwas, renne die Treppe hinunter, springe auf den Roller und versuche, mich wieder zu fassen und die Tränen zurückzudrängen. Ich finde mich lächerlich sentimental, aber was soll ich machen. Ich starte den Motor und fahre los. Ich weiß schon, wo es hingehen soll, denn obgleich ich mir tausendmal gesagt habe, dass ich es lassen sollte, will ich ihn wiedersehen. Außerdem hat mich Greci darum gebeten.

Als ich klingele, ist es Petrit, der mir aufdrückt und die Wohnungstür öffnet. Ich bin wie vom Donner gerührt, denn er ist der schönste Mann, den ich je gesehen habe. Mittelgroß, blond, himmelblaue Augen und ein hinreißendes Lächeln. Er spricht mit starkem Akzent, doch seine Stimme ist sanft. Er sagt, Gabriele sei in seinem Zimmer, und tritt zur Seite, um mich hereinzulassen. Auf einmal erscheint mir die Wohnung gemütlicher und weniger unpersönlich.

Gabriele liegt im Dunkeln auf dem Bett. Als ich hereinkomme, knipst er die Nachttischlampe an, stützt sich mühsam auf die Ellenbogen und lässt sich wieder zurückfallen. »Was machst du hier?«, fragt er gereizt. »Ich war gerade in der Nähe und wollte gucken, ob du da bist«, sage ich zögernd. »Du hast dich schon ein Weilchen nicht mehr in der Schule blicken lassen.« Er setzt sich auf und sieht mich ernst an. »Ich komme nicht mehr in die Schule.« Er hat es gesagt. In meinem Magen tut sich ein Abgrund auf. Ich weiß nicht, was ich sagen soll, soeben habe ich gehört, wovor ich mich, ohne es zu wissen, am meisten gefürchtet habe. »Jetzt hast du den Tisch ganz für dich, freust du dich?« Nein, kein bisschen, denke ich, starre ihn an, suche nach Worten, die nicht blöd und kindisch klingen, und sage dann doch das Allerblödeste. »Und das Abi?« Er verdreht die Augen und lacht los, als wäre es das Lustigste der Welt. »Was soll ich mit dem Abi?« – »Keine Ahnung, vielleicht hast du irgendwann keine Lust mehr, Maurer zu sein und gehst zur Uni«, sage ich und versuche witzig zu klingen. »Ich, zur Uni? Aber klar doch …«, erwidert er bitter. Lahm zucke ich die Achseln. »Ich dachte, einer, der so gut zeichnen kann wie du, könnte studieren …« Ich sage es leise, weil ich weiß, dass er jetzt richtig sauer wird, und tatsächlich wirft er mir einen wütenden Blick zu und schüttelt den Kopf. »Zeichnen, na klar, zeichnen … Weißt du, wie scheißegal mir das ist? Was soll ich damit anfangen? Den ganzen lieben langen Tag vor mich hin zeichnen und mir von anderen sagen lassen, was ich tun soll? Nee, vielen Dank, nicht mit mir. Da bin ich lieber auf dem Bau, an der frischen Luft.« – »Und wie kommst du darauf, dass du auf dem Bau freier bist?«, gebe ich zurück. »Glaubst du, da sagt dir keiner, was du tun sollst?« – »Da ist es mir egal, wenigstens bin ich im Freien und kann atmen. Übrigens hast du mir noch nicht geantwortet, was machst du hier?« – »Hab ich doch gesagt, ich war in der Nähe und hab vorbeigeschaut.« Ich sage ihm nicht, dass ich bei seinen Eltern war, bestimmt würde er stinkwütend werden. »Aber sicher doch«, murmelt er, »du wohnst auf der anderen Seite der Stadt und warst in der

Nähe.« – »Ich kann ja wieder gehen«, sage ich leise. Einen Moment lang sieht er mich an, dann rückt er zur Seite und macht mir auf dem Bett Platz. »Komm her.« Er klopft auf die Bettdecke. Ich lasse den Rucksack von den Schultern gleiten, ziehe die Tennisschuhe aus und lege mich neben ihn. Als ich die Augen schließe, fragt er mich wieder: »Was machst du hier?« – »Ich wollte dich sehen, du hast mir ein bisschen gefehlt«, flüstere ich und warte auf seine Reaktion. »Wieso, hat dir keiner einen Stift geliehen?« Ich drehe mich zu ihm um und umarme ihn. »Komm wieder in die Schule«, sage ich. »Lass uns das Jahr zusammen beenden.« Ich spüre ein leises Lachen in seiner Brust. »Gehst du dann mit mir auf den Bau?« – »Wenn du wieder in die Schule kommst.« – »Nein, in die Schule gehe ich nicht mehr. Ich hab die Schnauze voll. Das braucht kein Schwein.« Ich schon, würde ich am liebsten sagen, aber ich traue mich nicht, ich bin eh schon zu weit gegangen. Dafür, dass ich nichts mehr mit ihm zu tun haben wollte, ist es nicht schlecht, dass ich jetzt in seinem Bett liege. »Und was hat das für einen Sinn, jetzt zu schmeißen?«, beharre ich, auf die Gefahr hin, ihn wütend zu machen. Er rückt ein Stück von mir ab, um mich besser ansehen zu können. »Was gibst du mir, wenn ich wieder hingehe?« Er prustet los. »Blödmann.« Ich muss auch lachen. Plötzlich klopft es, und wir fahren zusammen. Ich steige aus dem Bett, um die Tür aufzumachen. Vor mir steht Petrit in einer großen blauen Winterjacke, er sieht aus wie ein moderner Engel. Er sagt, er gehe arbeiten und sei morgen früh wieder hier. Petrit macht oft Nachtschichten in einer Konservenfabrik, hat mir Gabriele erzählt. Er habe eingekauft, sagt er, der Kühlschrank sei voll, wir können nehmen, was wir wollen. Gabriele sagt nur okay und hebt grüßend den

Arm. Als die Tür sich schließt, schmeiße ich mich wieder aufs Bett und schmiege mich an ihn. Er fährt mir sanft mit der Hand durchs Haar. Das Thema Schule ist endgültig erledigt.

Ich tue nichts mehr. Ich sage nichts mehr. Ich liege da, ganz vertieft in die Bewegung seiner Hand, und halte den Atem an. Als ich wieder Luft hole, tue ich es ganz vorsichtig und hoffe, dass er nicht spürt, wie aufgeregt ich bin. Mein Herz schlägt so heftig, als hätte ich zwei. Es ist, als wäre ich auf einem anderen Stern und müsste meine Lungen an eine neue Sauerstoffmenge gewöhnen. Vielleicht ist es tatsächlich so, wenn ich mit Gabriele zusammen bin. Ein anderer Stern, ein anderer Ort. Weit weg von allem, was ich kenne, eine andere Welt, eine verborgene Nische, wie damals, wenn ich mich neben meine Mutter legte, um eine andere Zeit in der Zeit zu finden. Es ist wie in der Nacht am Meer, ein Ort nur für uns, ohne nichts und niemanden. Wir sind in Zerolandia.

Als mein Handy klingelt, schrecke ich hoch und merke, dass wir eingeschlafen sind. Ich löse mich aus Gabrieles Umarmung und taste mich im Dunkeln Richtung Klingelton. Dann macht Gabriele das Licht an, ich sehe die Tasche auf dem Boden und greife danach. Auf dem Display lese ich den Namen der Person, die ich jetzt am allerwenigsten sprechen will: Sonia. Ich schmeiße das Handy in die Tasche zurück, bleibe wie eine Blöde stehen und warte, dass es zu klingeln aufhört. Dann lasse ich die Tasche wieder auf den Boden fallen und kehre ins Bett zurück. »Wer war das?« – »Niemand«, antworte ich, doch als ich Gabrieles stutziges Gesicht sehe, sage ich: »Diese Nervkuh von Sonia, bestimmt wegen der Hausaufgaben«, und lege wieder die Arme um ihn. Kurz darauf fällt mir die Diskussion von vorhin wieder ein, und ich überlege, wie es ab morgen in der Schule sein wird. Wenn er nicht mehr kommt, bleibe ich ganz allein in Zerolandia. Komme ich dann wieder mit Sonia zusammen? Niemals, *hasta siempre*. Ich schiebe mein Bein zwischen Gabrieles Knie und vergrabe mein Gesicht in seinem Sweatshirt. Jetzt will ich nicht daran denken, es hat Zeit bis morgen. Morgen. Wir schlafen wieder ein, einer im Arm des anderen. Zero und Zeta, in diesem Zerolandia, das nur unseres ist, Lichtjahre von der Erde entfernt.

Als ich aufwache, ist es nach acht. Gleich ruft Nonna aus Ischia an, ich sollte besser gehen. Langsam setze ich mich auf und verharre eine Weile so, ohne wirklich gehen zu wollen. »Gehst du?«, fragt Gabriele. »Ja, es ist schon spät.« – »Okay«, sagt er, und mit leiser Stimme, in der ein bislang nie gehörter Funke Unsicherheit mitschwingt, schiebt er nach: »Kommst du morgen wieder?« Sanft und langsam streicht er mir über den Rücken, eine stille, eindringliche Frage, auf die ich keine Antwort weiß. »Und du, kommst du wieder in die Schule?«, frage ich zurück und stehe auf. Als ich mir die Schuhe zubinde, spüre ich seinen Blick, doch ich sehe nicht auf. Er antwortet nicht, vielleicht ist es besser so. »Mach, wie du denkst«, sage ich nur, greife nach meiner Jacke und gehe zur Tür. »Du auch«, höre ich ihn sagen, während ich die Tür hinter mir zuziehe.

Wenn du schläfst

»Wann kommst du wieder?«

»Wenn du schläfst.«

Und ich schlief ein, und während ich schlief, kamst du zurück. Kaum wachte ich auf, rief ich nach dir, manchmal weinerlich und manchmal wütend, und du kamst. Du hattest dein Versprechen gehalten und warst zurückgekommen. Ich aus meinen Träumen, du aus der Welt da draußen. Manchmal dachte ich: Und wenn sie nicht wiederkommt? Dann wünschte ich, der Schlaf währte nur ganz kurz, nur einen flüchtigen Wimpernschlag, wie bei der Fee Isabella, die auf diese Weise alles geschehen ließ. Ich versuchte es und rief dich, bewegte lautlos die Lippen, flüsterte kaum, denn vielleicht sah die Fee Isabella mich und wollte nicht, dass ich es ihr gleichtat. Also wartete ich, und in der Stille des meist sommerlichen Nachmittags ließ ich meine Ängste im Schlaf zergehen. Beim Aufwachen war ich oft schweißnass.

»Hast du im Schlaf Wettrennen gemacht?«, fragtest du mich, und ich setzte mich auf und drängte mich wie ein Welpe an dich, schlang meine Arme um dich, kroch auf deinen Schoß und kauerte mich zusammen, sehnsüchtig nach der Zeit, als ich noch nicht geboren war und wir eins waren und du niemals ohne mich fortgegangen wärst.

»Ich hab dich gesucht und wusste nicht, wo du bist.«

»Aber ich bin hier, Mama ist zurückgekommen.«

Wann kommst du wieder? Wenn du schläfst. Auch jetzt

noch muss ich daran denken, wenn ich aus unruhigem Schlaf erwache, abstürze, ohne zu fallen, wie manche Vögel im Flug. Wie früher setze ich mich langsam auf, und manchmal wird mir bewusst, dass ich nicht atme: Halten Vögel im freien Fall den Atem an? Vergessen sie auch zu atmen, wenn sie sich fürchten?

13. Dezember

»Gabriele Righi«, ruft die Mathelehrerin laut. »Ist krank«, antworte ich. Alle drehen sich zu mir um, gleichzeitig. Die Mädchen ziehen die Augenbrauen hoch und tauschen perplexe Blicke, die Jungen glotzen mich verständnislos an.

So hätte es sein sollen, doch als die Lehrerin ihn aufruft, bleibe ich stumm. Ich male kleine Blümchen in mein Aufgabenheft und zucke nicht mit der Wimper. Jetzt muss ich nicht mehr aufpassen, mit meinem Ellenbogen nicht in die andere Tischhälfte vorzudringen. Der Tisch gehört ganz und gar mir. Die Einsamkeit hat auch Vorteile, so muss man es sehen, das Glas ist halbvoll. Gestern Abend am Telefon wirkte Nonna heiter, das hat mich gefreut. Ischia sei sehr schön, nächsten Sommer nach dem Abi wolle sie mit mir hinfahren. Es macht mich traurig, wenn sie solche Dinge sagt, denn ich weiß, dass sie es nur tut, um mich und sich aufzumuntern. In unserer Verfassung werden wir beide nirgendwohin fahren. »Keiner weiß etwas von Righi?«, fragt die Mathelehrerin jetzt, und ich hebe noch nicht einmal den Kopf aus Schiss, ich könnte dem Blick irgendeines Lästermauls begegnen, das noch immer zu blöden Bemerkungen aufgelegt ist. Dennoch ist die Versuchung groß. Ich sollte sagen, Gabriele Righi kommt nicht mehr, da können wir noch so sehr hinter ihm her sein, er hat beschlossen, Maurer zu werden und pfeift drauf, hinterm Schreibtisch zu hocken und für einen Haufen Arschlöcher zu zeichnen. Aber ich sage es nicht, mache es wie er, versuche mir selbst genug zu sein, mich rauszuhalten. Ich schulde ihm nichts, wir sind nicht zusammen, wir sind keine Freunde. Zero. Dass ich gestern zu ihm gefahren bin, war mehr als genug. Schon richtig, ich habe ihn gebeten wieder zur Schule zu kommen, bin ganz deutlich gewesen, doch in gewissen Momenten sagt man viel, wenn man betrunken oder gefühlsduselig ist zum Beispiel. Gestern habe ich mich einsam gefühlt und gedacht, er könnte das Gegenmittel sein. Das ist alles. Ich drehe mich zum Fenster und verharre einen Moment lang so, den Blick gedankenverloren ins Leere gerichtet. In welchem Job muss man sich am meisten die Taschen volllügen und auch noch daran glauben? Wenn ich das herausfände, wäre meine Zukunft gesichert.

Am Ende der glücklicherweise letzten Stunde weiche ich sogar Sonia aus, die bereits darauf brennt, mir zu sagen, weshalb sie mich gestern sprechen wollte, und gehe direkt nach Hause. Ohne Mittag zu essen, mache ich mich sofort ans Lernen, doch sosehr ich versuche, mich auf Immanuel Kant zu konzentrieren, muss ich immer an gestern denken. Ich brauche nichts, sage ich mir immer wieder, ich kann auch allein sein. Schwachsinn, alles Schwachsinn, und das weiß ich. Ist schon albern, es wäre besser gewesen, wir hätten gestern miteinander geschlafen, statt einfach zu schlafen. Mit Sex hätte man eine Menge verbergen können. Doch so kann man sich nichts vormachen. Es ist diese ganze Zärtlichkeit, die mich verstört. Ich schulde ihm nichts, beharre ich, so was brauche ich nicht.

Ich lerne noch eine Stunde, dann gehe ich ins Schwimmbad. Ich springe ins Wasser, und der Kontakt mit der Erde ist unterbrochen. Nur Wasser und Blau und gesichtslose Körper. Wie auf dem Foto, das ich als Bildschirmschoner auf dem PC habe, eine Unterwasseraufnahme, offenbar vom Grund aus gemacht, auf der man nur die dahingleitenden Körper sieht. Und man hört die Stille, blau wie das Wasser.

Ich bin in Sicherheit.

Als ich wieder nach Hause komme, rufe ich Nonna an. Heute klingt ihre Stimme anders, entspannter, unbeschwerter. Ohne zu unterbrechen, lasse ich sie von ihrem Tag berichten. Dann sage ich ihr, sie müsse sich um mich keine Sorgen machen, mir gehe es gut, denn ich weiß, sie hat ein schlechtes Gewissen, mich hier allein gelassen zu haben. Kaum habe ich aufgelegt, ruft Claudia an und berichtet mir freudig, ihre Mutter habe ihr gesagt, Nonna gehe es besser, sie habe ihrem Herzen Luft gemacht und gestern Abend geweint. »Und wie geht's dir?«, fragt sie mich unversehens, und plötzlich hänge ich in der Luft, mit dem Telefon am Ohr, den Blick starr auf die Wand geheftet, als stünde dort die Antwort, und weiß nicht, was ich sagen soll, denn ich weiß nicht mehr, wie ich mich fühle. Ich antworte, es gehe mir besser, meine Freunde würden sich sehr um mich kümmern, kurz, ich erzähle ihr einen Haufen Lügen. Seit einer Weile ist das meine Königsdisziplin. Als ich aufgelegt habe, mache ich eine Runde durch die Wohnung und schalte alle Lichter aus. Dann gehe ich in das Zimmer meiner Mutter, setzte mich mit geschlossenen Augen aufs Bett und versuche mir vorzustellen, sie sei noch da. Ich konzentriere mich, rufe mir ihre Stimme ins Gedächtnis, das letzte Mal, dass sie mich berührt, mich geküsst hat, und frage mich, ob die Erinnerung all dies bis zuletzt bewahren kann, ohne etwas zu verlieren. Denn nur dort bleibst du bestehen. Und nur dort kann ich dich noch finden.

Ich weiß nicht, wie lange ich so dasitze, die Wohnung versunken in ihre Dunkelheit und ich in meine. Schließlich stehe ich auf, gehe in die Küche und mache Licht. Ich greife nach meiner Tasche und werfe einen Blick auf das Handy auf der Anrichte. Eine Nachricht von Sonia. Sie wollte mich fragen, ob ich morgen mit ihr blaumache. Ich sage ja, und eine Weile gibt mir dieser Kontakt mit der Wirklichkeit ein gutes Gefühl. Morgen verlasse ich Zerolandia, sage ich mir, doch schon der Gedanke, die Brücken zu meinem Exil abzubrechen und in die Heimat zurückzukehren, macht mich traurig.

Also hat sich doch etwas verändert. Auch ich habe im Nichts Wurzeln geschlagen.

14. Dezember

Der zweite Zwischenstopp dieses endlosen Morgens ist ein Teesalon in einer Altstadtgasse. Das alles beherrschende Thema ist selbstverständlich Giovanni. Jetzt, erzählt mir Sonia und ergeht sich in sterbenslangweiligen Nebensächlichkeiten, ist er hinter einer aus der Zehnten her, eine gewisse Tania, superschlau, superhübsch, das Rundumpaket eben. So lange wie möglich tue ich so, als würde ich ihrem Sermon folgen, doch schließlich gebe ich auf, ich kann nicht mehr. Ein paarmal versuche ich das Thema zu wechseln oder demonstrativ zu seufzen, doch ohne Erfolg. Ich denke an Gabriele, frage mich, ob er vielleicht beschlossen hat, wieder zur Schule zu kommen und wenn ja, was er wohl dachte, als er mich nicht angetroffen hat. Während Sonia redet, male ich mir eine melodramatische Filmszene aus: Er betritt die Klasse, sieht mich nicht, denkt, zwischen uns sei es endgültig aus, und leidet wie ein Hund. Die Sache ist dermaßen abwegig, das ich fast lospruste. Offenbar habe ich zu viele Filme gesehen.

Endlich ist es Mittag, und ich beschließe, dass es Zeit ist, nach Hause zu gehen. Wir gehen gerade die Hauptstraße rauf, als ich Gabriele mit einem anderen Jungen auf uns zukommen sehe. Da ist er, der verlorene Sohn, denke ich grimmig und bin dennoch aufgeregt, ohne zu wissen, wieso. Mein erster Impuls ist, so zu tun, als hätte ich ihn nicht gesehen, doch es ist zu spät. Als wir nur noch ein paar Meter voneinander entfernt sind, wirft uns Gabriele einen beiläufigen Blick zu und nickt uns knapp zu. Sonia reagiert nicht, ich flüstere ein kaum hörbares Ciao und lege einen Schritt zu. Na bitte, die alte Ordnung ist wiederhergestellt, alle Teile sind wieder an ihrem Platz: die Guten unter sich und die Bösen wo der Pfeffer wächst. Was für eine Erleichterung, denke ich, endlich ist alles vorbei.

Als ich nach Hause komme, ist meine Stimmung im Keller. Ich esse was und verschanze mich dann im Schwimmbad. Fast zwei Stunden lang schwimme ich ununterbrochen, halte nur ab und zu an, um auf den Grund zu tauchen und die dunkelblau gekachelte Trennungslinie zwischen den Bahnen entlangzugleiten. Ich folge ihr, stelle mir vor, sie wäre endlos, bis der Luftmangel mich an die Oberfläche zwingt.

Nach dem Schwimmen bin ich so erschöpft, dass ich kaum einen Fuß vor den anderen setzen kann. Ich versuche zu lesen, doch die Augen fallen mir zu. Den Rest des Nachmittages bringe ich damit zu, irgendwelchen Mist in mich reinzustopfen und Clips auf Youtube zu gucken. Ich muss nur bis acht Uhr durchhalten, nach dem Telefonat mit Ischia gehe ich sofort ins Bett. Um zwei Minuten nach acht fragt mich die Stimme meiner Großmutter, wie es mir geht. Sie wirkt entspannt, locker, die Ferien tun ihr gut. Nach dem Abi fahren wir gemeinsam her, sagt sie wieder, nur du und ich.

Ich bin froh, dass es ihr besser geht. Gern würde ich ihr etwas Nettes sagen, dass ich sie liebhabe und sie mir fehlt zum Beispiel, doch ich schaffe es nicht. Ich will nur schlafen. Um halb zehn liege ich bereits im Bett, im Dunkeln, ohne an etwas zu denken.

Erinnerst du dich an Franco?

Ein Cousin meiner Großmutter war Maler. Zwar hatte er es nie richtig weit gebracht, aber in dem Dorf, in dem er lebte, wurde er sehr verehrt. Franco – so hieß er – war »Der Maler«. Und es war egal, dass keine Galerie seine Bilder ausstellen und niemand sie kaufen wollte: Franco war für jedermann der Dorfkünstler. Vom Vater, der es sehr wohl verstanden hatte, mit seinem Land Geld zu verdienen, hatte er ein Vermögen geerbt und lebte in der großen Familienvilla, die inmitten der sehr viel bescheideneren Häuschen ringsum ziemlich aus dem Rahmen fiel. Auch Franco mit seiner lässigen Art, dem offenen Lächeln und der fleckigen Kleidung, die nicht von Lehm und Öl, sondern von Farbe und Terpentin verschmiert war, fiel einigermaßen aus dem Rahmen. Mindestens einmal im Monat gingen meine Mutter und ich ihn besuchen. Mit dem alten R4 fuhren wir los, der wie geschaffen schien für die sanften Rundungen der Hügel mit ihren unvermuteten Ausblicken über die Sonnenblumenfelder und das Meer im Sommer und die gepflügten, nackten Äcker im Winter.

Die Villa hatte einen riesigen Eingang und eine breite Freitreppe, die ins obere Stockwerk führte. Durch einen schmalen Flur unterhalb der Treppe gelangte man ins Atelier, eine Veranda voller Staffeleien, Farbtöpfe, Pinsel, Tuben, ausgelegtem Zeitungspapier und alter Holzstühle. Für mich war das ein verwunschener Ort. Meine Mutter setzte sich neben den malenden Franco, nahm mich auf ihre Knie und sagte: »Jetzt fragen wir Franco, ob er uns ein schönes Bild malt.« Franco nahm ein großes weißes Blatt Papier, pinnte es auf die Staffelei und machte eine Skizze von mir oder fragte mich, ob ich ein Lieblingstier oder etwas anderes hätte, was ich gern mochte, und dann zeichnete er es mir. Damals verstand ich genauso wenig wie heute, wenn ich Gabriele zeichnen sehe, wie diese Hände es schafften, die Welt zu bannen. Meine Mutter war ebenfalls der Ansicht, dass Franco nicht wirklich talentiert sei, doch einen Platz für die Bilder, die er uns schenkte, fand sie immer, und noch heute bewahre ich all seine Zeichnungen auf.

Francos Villa mit ihrem stattlichen Eingang und dem stimmungsvollen Atelier war wirklich beeindruckend, doch was ich am meisten liebte, war der riesige Garten, in dem es einen Brunnen mit dicken Goldfischen gab. In der Mitte des Brunnens erhob sich die Statue eines jungen Mädchens mit einer Blumengirlande auf dem Kopf und einem winzigen Flatterkleid, das seinen grazilen Körper umwehte. Zusammen mit der großen leeren Voliere in Form eines Schlosses, die nicht weit davon im Garten stand, gab sie mir das Gefühl, in einem Märchen zu sein.

Franco ist vor vielen Jahren gestorben, seine Villa ist zunächst verkauft und dann abgerissen worden, um der x-ten Reihenhaussiedlung Platz zu machen. Ich weiß noch, dass meine Mutter und ich wenige Monate vor ihrer Krebsdiagnose einen Spaziergang durch sein Dorf machten. Als wir an den Neubauten vorbeikamen, wo einst sein Haus gestanden hatte, kam es uns beiden so vor, als hätte es Franco und seine Villa nie gegeben, als wären sie eine Art vergessener Traum, an den man sich nur ab und zu bruchstückhaft erinnern kann. Eine heftige Wehmut durchfuhr mich, und zum ersten Mal im Leben wurde mir deutlich bewusst, dass die Zeit endlich ist und es davor kein Entrinnen gibt. Ich weiß noch, dass meine Mutter nur sagte: »Was für ein Jammer!«, und das nicht wegen der potthässlichen Reihenhäuser, sondern weil die Zeit Franco ausradiert hatte wie er seine misslungenen Skizzen.

Oft denke ich daran, wie meine Mutter und ich in diesem Garten vor der anmutigen Statue standen. Der schreckliche Zauber, den ich damals noch nicht wahrhaben wollte, war bereits da, in der leeren, vor Stille berstenden Voliere, in der kalten, von der Zeit zerfressenen Statue, die reglos in der Brunnenmitte stand. Alles ließ erahnen, dass sich bereits ein dämonischer Hexer, weit mächtiger als die aus den Märchen, in einem schattigen Winkel des Gartens eingenistet und ans Werk gemacht hatte. Nichts würde ihm entgehen, nach und nach würde er alles an sich reißen, die verbleibende Zeit, die vergessenen Dinge.

15. Dezember

In den letzten Tagen vor den Ferien ist die Festtagsstimmung unerträglich. Während die ganze Klasse vor guter Laune strotzt, komme ich mir vor wie aus dem Film *Das Findelkind.* An meinem Tisch herrscht beharrliches, finsteres Schweigen, so durchdringend, dass sich die anderen ab und zu nach mir umdrehen, um zu sehen, ob ich noch da bin.

In der dritten haben wir Greci. Ich sollte ihm sagen, dass sein Liebling beschlossen hat, auf den Bau zu gehen. Für den Rest seines Lebens wird er Stahlbetonträger gießen. Viel Spaß. Heute bin ich zynisch, das macht die Enttäuschungen erträglicher. Dazu ist Zynismus schließlich da, oder?

Als es klingelt, atme ich erleichtert auf, es ist zwar erst eine Stunde rum, doch ich wünschte, es wäre schon die letzte. Während wir dasitzen und auf unseren Italienischlehrer warten, kommt Gabriele herein. Mein Unterkiefer klappt herunter, als hätte die Schwerkraft ganz plötzlich zugenommen, und mein Mund steht so weit offen, dass ich ein Papierkorb-Casting glatt gewinnen würde. Als er die Basis erreicht, knallt er den Rucksack auf den Boden, zieht den Stuhl geräuschvoll zurück und lässt sich wie ein Kartoffelsack darauffallen. Als er sitzt und auch der Mehrzweckblock für alle sichtbar auf dem Tisch liegt, rutscht mir, noch ehe mir etwas Besseres einfällt, ein »Hey, Maurer, gab's für dich keine Kelle mehr?« raus. Er sieht mich eisig an. So weit nichts Neues, nur das er heute besonders wütend zu sein scheint. Er klappt seinen Block für alle Lebenslagen auf und fängt an, darauf herumzukritzeln. Willkommen zurück, Caravaggio. Hast du's für mich getan? Die Vorstellung, er könnte wegen mir hier sein, weil ich ihn darum gebeten habe, macht mich ganz euphorisch. Ich kriege kein Wort von dem mit, was der Lehrer redet, und luge die ganze Zeit zu Gabriele hinüber. Ich schiele auf den Block und sehe, dass er eine Art muskelstrotzenden Superhelden mit Loservisage zeichnet. Er ist ganz darin versunken und merkt nicht, dass ich ihn beobachte. Als ich wieder aufblicke, sieht Ilaria mich an. Sofort flüstert sie Sonia etwas ins Ohr. Ich sehe, wie Sonia sich verstohlen umdreht und dann mit den Schultern zuckt, doch heute ist mir ihr Tussengelaber total egal.

Als es klingelt, drehe ich mich zu Gabriele. Ich fühle mich ein bisschen blöd, weil ich mich nicht gemeldet habe, und versuche es mit einer Lüge wieder wettzumachen. »Gestern Abend hab ich im Schwimmbad die Zeit vergessen, deshalb bin ich nicht …« Gekommen, will ich sagen, aber er unterbricht mich schroff. »Ich hatte auch was vor, wenn du gekommen wärst, wäre ich eh nicht da gewesen«, stopft er mir das Maul und zeichnet weiter. Ich stehe auf, um aufs Klo zu gehen, meine Hochstimmung ist dahin.

In der dritten kommt Greci rein, und als er Gabriele sieht, ist ihm die Freude anzumerken. »Willkommen zurück, Righi, wie schön, dass Sie wieder bei uns sind«, sagt er fröhlich. »Die Freude ist ganz meinerseits«, entgegnet Gabriele, ohne aufzusehen. Schon ist Gekicher zu hören, doch Greci geht darüber hinweg und beginnt mit dem Unterricht. Thema ist die Avantgarde. Gabriele sieht ab und zu auf, offenbar hört er zu. Ich hingegen kann mich einfach nicht konzentrieren. Ich denke an die Antwort, die er mir gegeben hat: Ist er sauer auf mich, weil ich mich nicht mehr habe blicken lassen? Aber ich hatte ihm doch nichts versprochen. Und wenn man etwas vom anderen will, sagt man doch nicht, mach, wie du denkst.

Als die Stunde zu Ende ist, folge ich ihm. Kaum sind wir draußen, hole ich ihn ein und frage ihn allen neugierigen Blicken zum Trotz, ob er Lust hat, am Nachmittag einen Ausflug ans Meer zu machen. »Bist du dir sicher?«, fragt er bissig zurück. »Was meinst du?«, frage ich begriffsstutzig. »Bist du sicher, dass du mit mir zusammen sein willst?«, wiederholt er frostig. »Wenn ich dich frage …« Mein Funke an Selbstsicherheit erlischt. »Ich weiß nicht, ob's mir heute passt«, erwidert er knapp. »Aber frag doch deine Freundin, vielleicht hat die ja Zeit.« Dieser arrogante Ton geht mir auf die Nerven. »Das mache ich auch«, gebe ich giftig zurück. »Es tut mir schon leid, dich als Erstes gefragt zu haben.« – »Das sollte für dich doch kein Problem sein, schließlich scheinst du deine Meinung ja dauernd zu ändern.« *Touché*. Enttäuscht starre ich ihn an, doch statt zu antworten, lasse ich ihn mit seinem Stolz und seiner Wut einfach stehen. Leck mich, Caravaggio, denke ich und gehe zu meinem Roller. Als ich mich umblicke, sehe ich, dass er am Sattel seines Rollers rumfummelt. Wenn er heute wegen mir in die Schule gekommen ist, hätte er es genauso gut lassen können, statt alles kaputtzumachen: Wozu? Immer bloß den Harten mimen, um jeden Preis.

Da entdecke ich Sonia im Tussengrüppchen. Bestimmt haben sie uns beobachtet und tun jetzt so, als würden sie sich unterhalten. Sonia winkt mir mit scheinheiligem Lächeln zu. Blöde Kuh, denke ich, ich hoffe nur, Giovanni schaut dich nicht mehr mit dem Arsch an.

21. Dezember

Heute hat Gabriele Greci ein paar Zeichnungen von sich gegeben. So etwas wie Comics und auch ein paar Porträts. Die ganze Klasse ist völlig baff, während ich mich freue, dass er endlich bewundernde Blicke erntet. Greci hat uns zum Pult gerufen und erzählt uns von scharfer Linienführung und der Gewalt der Farben. Gabriele sieht nur ihn an und tut so, als gäbe es uns nicht. Auf den Gesichtern meiner Klassenkameraden lese ich ungläubiges Staunen und echtes Interesse. Ausgerechnet diejenigen, die ihn immer auf die Schippe nehmen, scheinen völlig vergessen zu haben, dass sie ihn Zero nennen. Je länger ich sie ansehe, desto mehr wünschte ich, sie würden wissen, dass ich bei ihm zu Hause war, dass wir zusammen am Meer waren und dass ich die Einzige bin, die begriffen hat, dass er etwas Besonderes ist. Aber das ist zu einfach, wie in diesen Filmen, in denen der Loser zum Helden mutiert. Gerade ist es ein bisschen so, und die Loser sind wir. Er ist der Talentierte, und hat man Talent, macht man früher oder später seinen Weg, auch wenn man aus der Mietskaserne kommt. Meine Mutter hatte recht, man muss die Dinge in der Perspektive sehen, sonst verpasst man die besten Chancen.

Die zweite Überraschung des Tages wartet am Schultor, als Giovanni auf mich zukommt und sagt, er müsse mit mir sprechen. Ich sehe ihn verständnislos an: Er macht ein Gesicht, als stünde ihm eine heikle Aufgabe bevor, und widerwillig gebe ich nach. Ich hätte mehr Grund, ihn zu hassen als ihm zuzuhören, aber ich will trotzdem nicht unhöflich sein. Seit der Party haben wir nicht mehr miteinander geredet, und jedes Mal, wenn wir uns auf dem Schulflur begegnet sind, habe ich woanders hingesehen. Ich folge ihm unter den Säulengang vor der Schule. Als wir stehen bleiben, vergräbt er zerknirscht die Hände in den Jeanstaschen und bittet mich für das, was im Mouse passiert ist, um Verzeihung, er habe zu viel getrunken und wisse nicht, was in ihn gefahren sei. »Das ist alles«, sagt er, »nichts Großartiges. Ich wollte nur nicht, dass du mich für ein Arschloch hältst. Normalerweise führe ich mich nicht so auf, entschuldige.« Ich nicke betreten und weiß nicht, was ich sagen soll. Irgendwie ist es fast besser, wenn er sich wie ein Arschloch aufführt, dann weiß man wenigstens, woran man ist. Ich beschließe, die Sache kurz zu halten und sage, es sei schon in Ordnung. »Kommt vor, man trinkt zu viel und benimmt sich daneben.« Ich versuche, verständnisvoll zu lächeln, doch es fällt ziemlich gequält aus. Ich blicke mich um, ob Sonia oder Gabriele in der Nähe sind. Mit Sonias Eifersucht ginge die Nachbohrerei von vorne los, und was Gabriele angeht, will ich einfach nicht, dass er uns zusammen sieht.

Ich nehme seine Entschuldigung an, auch wenn sie mir nicht durch und durch geheuer ist. »Ich weiß, dass du mir nicht glaubst«, sagt er plötzlich, als hätte er meine Gedanken gelesen, »aber was soll's. Ich wollte es dir einfach sagen.« Dann streicht er mir über die Wange und geht davon. Einen Moment lang stehe ich da wie vom Donner gerührt, dann fängt mein Hirn wieder an zu ticken. Diese kleine, zärtliche Geste war so schnell und flüchtig, dass ich mich frage, ob sie überhaupt stattgefunden hat. Ich verstehe überhaupt nichts mehr: Gabriele ist fast zum Klassengenie aufgestiegen, Giovanni ist vom Arschloch zum Büßer mutiert. Was ist los, ist die Welt plötzlich wieder in Ordnung? Stehe nur ich auf dem Kopf?

Auf dem Weg zum Roller schmeißt sich mir Ilaria fast an den Hals und – hört, hört! – lädt mich mit Honigstimme und Mickeymausblick zu ihrer Geburtstagsparty ein. Okay, denke ich, das ist zu viel für einen Tag. Höflich lehne ich ab, mein Abo im Club der Hyänen ist schon lange abgelaufen, und rase nach Hause. Als ich hereinkomme, steht da ein riesiger Weihnachtsbaum, der fast die ganze Diele einnimmt, und daneben meine Großmutter, die mit Schleifen, bunten Glassternen und Krippenfiguren hantiert. Zerzaust und wuschig steht sie da und sieht so zerbrechlich aus, dass es mir einen Stich versetzt. Den letzten Weihnachtsbaum hat sie zusammen mit ihrer Tochter geschmückt. Sie ging um den Baum herum und verteilte den Schmuck, während ihr meine Mutter, auf einem Stuhl sitzend, Kugeln und Schleifen zureichte. So hatte ich sie angetroffen, als ich vor fast genau einem Jahr nach Hause gekommen war.

»Brauchst du Hilfe?«, frage ich. »Das mach ich schon«, entgegnet sie sanft und streicht mir über die Wange. Noch eine zärtliche Geste, die zweite an diesem Glückstag, und ich kann nicht umhin, an die erste zu denken. Giovannis Entschuldigung klang aufrichtig, das sollte ich anerkennen.

Ich überlasse Nonna der Christbaumdekoration. Auf dem Weg in mein Zimmer werfe ich einen Blick in den Karton: ein bunt glitzerndes Wirrwarr aus Schmuck und Schleifen. Ich erinnere mich noch, dass sich der Zustand meiner Mutter wenige Tage nach Weihnachten derart verschlechtert hatte, dass wir den Christbaum regelrecht hatten verschwinden lassen. Dieses Knäuel bringt die ganze Angst jener Tage zurück, in denen man nur auf das Ende wartete. Fast will ich Nonna sagen, sie solle alles sein lassen: den Baum, die Erinnerungen, Weihnachten. Doch vielleicht wäre es besser, ihr beim Tragen dieser Last zu helfen.

Ich ziehe mir Jacke und Schal aus, knie mich vor die Kiste und mache mich schweigend daran, das Gewirr aus buntem Flitter aufzudröseln. Sie sieht mich lächelnd an. Es ist wie an dem Tag, als wir den Friedhof verließen, sie und ich vereint in einem Schmerz, der uns die Sprache verschlägt.

Nach dem Mittagessen wird mir bewusst, dass sich vor mir Tage der Leere auftun. Also schwinge ich mich auf den Roller und fahre los. Ich brauche Luft und Licht um mich herum. Es ist ein wunderschöner Tag. Ich gebe mich der Wehmut wie einer Quelle ewigen Lebens hin und denke, dass ich nie mehr glücklich sein werde.

Letzte Nacht habe ich von dir geträumt

Du standest auf einer großen Terrasse und blicktest zu mir herunter. Die Sonne blendete mich, und ich konnte nur dein Lächeln sehen. Du warst wunderschön. Das Haar umrahmte dein Gesicht wie auf dem Schulfoto, das du mir einmal gezeigt hast. Ich musste dich immerfort ansehen. Du lächeltest, doch ich konnte deine Augen nicht sehen. Dann saßen wir plötzlich nebeneinander auf dem Boden der großen Terrasse. Der Himmel über uns war strahlend blau. Es war wunderbar, wieder bei dir zu sein. Ich wusste, es ist ein Traum, und dennoch erschien alles so wirklich. Beim Aufwachen habe ich ganz kurz daran festgehalten, und das Glück ist mir wie eine silberne Revolverkugel ins Herz gedrungen und hat mich getötet.

Wenn ich die Augen schließe und versuche, dich mir ins Gedächtnis zu rufen, gelingt mir das nicht so wie im Traum. Du warst vollkommen. Könnte ich träumen, wenn es nottäte, wäre es vielleicht nicht so schmerzhaft.

Abgesehen von dem Video, das Großvater an meinem Geburtstag gemacht hat, habe ich nur Fotos von dir, und will ich mich an dein Gesicht oder deine Stimme erinnern, stelle ich bestürzt fest, dass bereits wenige Monate nach deinem Tod etwas verlorengegangen ist. Ich will alles von dir im Gedächtnis behalten, doch es sind die alltäglichen Gesten, die mir fehlen, das, was mir dich wieder lebendig erscheinen lassen würde und den sanften Schimmer deiner Gegenwart bedingte:

dein Ciao in der Tür; die Art, wie du deinen Dufflecoat zuknöpfst; wie du innehältst, um zu überlegen, was du zu erledigen hast, und nach dem Schlüssel auf der Kommode im Eingang greifst. Die nutzlosen Dinge, die aussortierten Einzelbilder.

23. Dezember

Erster Ferientag: Plötzlich ist da die Leere, eine Ansammlung von Stunden, von denen ich nicht weiß, wie ich sie füllen soll, während mir ganz allmählich die Einsamkeit zur zweiten Haut wird. Nonna und ich sind wie die Teile einer unvollständigen Matrjoschka, die Wohnung ist zu groß für uns zwei. Jede tut so, als wäre sie mit ihrem Kram beschäftigt. Zwei kleine, fleißige, geschäftige Bienen, die allein und ohne Hilfe im Bienenstock zurückgeblieben sind.

Manchmal ist die Beklemmung unerträglich, und oft muss ich an den schlimmsten Fall denken: Wenn meiner Großmutter etwas zustoßen sollte, bliebe ich ganz allein zurück. Sie ist vierundsechzig, meine Angst ist also nicht unbegründet. Ich versuche, nicht daran zu denken, doch allein die Ahnung schreckt mich, ich kann noch nicht allein zurückbleiben. Zwar sind da noch Angela und Claudia, die mich sehr lieben, doch das ist nicht das Gleiche.

Abgesehen von meinem allzu früh gestorbenen Großvater, haben wir stets ohne Männer gelebt. Immer und ausschließlich wir drei: ich, meine Mutter, meine Großmutter in einem ständigen Gegenüber von Generationen und Gemütsarten: die Strenge meiner Großmutter, der Überschwang meiner Mutter und mein verschlossenes Schweigen.

Ich weiß, dass mein Großvater uns gut versorgt zurückgelassen hat und es an Geld nie fehlte. Meine Mutter und ich konnten uns stets alles Mögliche leisten, und auch als Mama ihren Job verlor, war das zwar nicht erfreulich, aber keine Katastrophe.

Drei Frauen in ihrem Nest und alle Tage Brot und warme Milch.

Wenn dann noch Angela und Claudia kamen, war es wie in diesem alten Film *Hoffen wir, dass es ein Mädchen wird.* Das Haus füllte sich mit Stimmen, Absatzgeklapper und schmeichelnden Düften. Auf dem Küchentisch lagen Claudias Zigaretten und Angelas zwei Handys, barfuß, in Nonnas Stola gehüllt, kam meine Mutter herein, machte Kaffee, und schon war eine jener endlosen Unterhaltungen im Gange, die unsere Wohnung in den schönsten Ort der Welt verwandelten. Von meinem Zimmer aus hörte ich Gelächter, spürte ihre ansteckende Fröhlichkeit und fühlte mich wohl.

Angela und Claudia waren seit Uni-Zeiten die besten Freundinnen meiner Mutter. Angela kommt aus einer schwerreichen Familie und geht mit der Selbstgewissheit durchs Leben, dass selbst die Steine sich dankbar zeigen sollten, von ihren Füßen betreten zu werden. Sofort nach der Uni hat sie geheiratet und sich zwei Jahre später wieder scheiden lassen. Seitdem hatte sie diverse Freunde, die ihr laut meiner Mutter nie viel bedeuteten. Das Wichtigste ist, nicht auf der Stelle zu stehen, sagt sie immer.

Claudia stammt aus einer ganz normalen Familie, ist aber außergewöhnlich schön. Sie gehört zu den Frauen, vor denen Männer in die Knie gehen. Langes, blondes Haar, geschmeidiger Körper, unfassbare graue Augen. Es gibt keinen Mann, der sich nicht Hals über Kopf in sie verliebt und aus unerfindlichen Gründen genauso schnell abserviert wird, wie er auserwählt wurde. Claudia wechselt Männer und Jobs wie ein Engel, der gänzlich unberührt durch sämtliche Epochen wandelt. Leicht und rein wie eine Wolke segelt sie dahin. Ein Jahr bevor meine Mutter starb, hatte sie einen Ingenieur geheiratet, eine Art Wunderkind, der um einige Jahre jünger war als sie. Ich glaube nicht, dass sie viel gemein hatten, er wollte eine Frau, mit der er sich schmücken konnte, und sie hielt den Moment für gekommen, sich ernsthaft zu binden. Meine Mutter sagte oft, Claudia sei stets davon überzeugt gewesen, dass ihr jemand eines Tages genau das bieten würde, was sie sich wünschte, auch wenn ihr noch gar nicht klar war, was das sein sollte. Als meine Mutter sie gefragt hatte, weshalb sie heiratete, hatte sie geantwortet: »Warum nicht?«, und ihrer rosaroten Zukunft voller Luxus und Leichtigkeit entgegengelächelt. Als meine Mutter starb, war Claudia wieder Single.

Es war schön, die drei zusammen zu sehen. Wenn ich sie ansah, hatte ich das Gefühl, sie würden ewig so bleiben, so jung, unabhängig und stark. Ich hatte immer geglaubt, das Leben hielte für sie etwas Besonderes, Einzigartiges bereit, doch stattdessen musste ich einsehen, dass da nichts dergleichen war. Während der Krankheit meiner Mutter waren sie plötzlich gealtert, müde geworden von der Suche nach einer Erklärung für das, was geschah und für das, was ihnen das Leben vielleicht nie bieten würde.

24. Dezember

Heute habe ich zweimal Besuch gehabt: Einmal von Sonia und dann von Giovanni, und um ein Haar wären sie sich in die Arme gelaufen. Beide hatten ein Geschenk dabei. Von Sonia habe ich einen Teddy bekommen und von Giovanni ein Paar sehr schöner Handschuhe aus rosa und blauer Wolle, die bestimmt einen Haufen Geld gekostet haben. Zum Glück musste Sonia zum Friseur, deshalb war es nur ein Blitzbesuch: Große Gefühle und Freundschaftsbekundungen, bei deren Rührseligkeit und Theatralik selbst ihr schwummerig geworden wäre, hätte sie sich sehen können. Ich verstehe nicht, wieso sie noch immer keine Ruhe gibt, vielleicht läuft es mit Ilaria nicht so doll.

Giovanni hingegen, der mich normalerweise immer ein bisschen verlegen macht, kam mir heute vor wie ein ganz normaler Junge. Wir haben geplaudert wie zwei alte Freunde, auch wenn ich aus der Sache im Mouse noch immer nicht schlau geworden bin.

Ich habe mich bedankt, aber ohne allzu viel Überschwang. Er soll nicht glauben, mit einem Paar Handschuhen wäre wieder alles schön, auch wenn er heute aufrichtig rüberkam; es war nett. Wer weiß, vielleicht ist er gar nicht so dreist und verzogen wie alle sagen. Eines ist sicher: Er ist unwiderstehlich, und wenn er einen mit seinen grünen Augen ansieht, hat man Mühe, sich auf das zu konzentrieren, was man gerade sagen wollte. Sofort sieht man sich mit ihm in einem romantischen

Liebesfilm, allerdings nur, um dann zu merken, dass man den Film alleine anschaut.

Nonna und ich sind in die Mitternachtsmesse gegangen. Ein paarmal habe ich zu ihr herübergesehen und gemerkt, dass sie feuchte Augen hat. Ich hätte ihre Hand nehmen, sie berühren sollen, doch ich wagte es nicht. Manchmal fürchte ich, beim winzigsten Kontakt mit ihrem Schmerz bräche mein eigener hervor. Ich würde ihn aufstören wie einen alten, schlafenden Drachen im Herzen des Berges, und kenne die Zauberformel nicht, um ihn wieder zu besänftigen.

Am Ausgang der Kirche haben wir Sonia und ihre Familie getroffen. Ihre Mutter ist auf uns zugekommen, um uns frohe Weihnachten zu wünschen. Dann hat sie eine Es-muss-sehr-schwer-sein-aber-die-Zeit-heilt-alle-Wunden-Miene aufgesetzt, Nonnas Hände genommen und gesagt: »Man darf sich nicht unterkriegen lassen«, als hätte sie ausschließlich in Trauer und Elend gelebt und nicht in einer Rokoko-Villa mit Schwimmbad und philippinischer Hausangestellter. Aus Rücksicht auf meine Großmutter habe ich nicht laut angefangen zu lachen, doch das, was ich gesehen und gehört habe, war der beste Beweis dafür, dass Sonia die Tochter ihrer Mutter ist. Nonna hat sich bedankt, aber ihre tränenerstickte Stimme verriet, dass das dämliche Gerede seine Wirkung nicht verfehlt hatte. Sie hat sich auf mich gestützt und mich mit wehem Blick um Verzeihung gebeten. Mehrere Leute sahen uns an. Wir mussten ein merkwürdiges Bild abgeben, während alle ringsum einander umarmten und frohe Weihnachten wünschten: zwei unversehens im Festtrubel gelandete Fremde, noch erschöpft von der Reise und nur einer Sprache mächtig, die niemand sonst versteht.

Weihnachten

Weihnachten war für mich immer das schönste Fest des Jahres. Als ich klein war, wegen der Geschenke und der verzauberten Stimmung, seit ich größer bin, weil es den Höhepunkt all dessen markiert, was diese Jahreszeit für mich ausmacht: Die Kälte, die kurzen Tage, der Regen, aber auch die Behaglichkeit, die Stadtspaziergänge in dicken Daunenjacken und mit weißen Atemwölkchen vor dem Mund.

Das letzte Weihnachten mit meiner Mutter war herzzerreißend. Inzwischen wussten wir, dass es das letzte sein würde. Sie konnte kaum essen und bemühte sich, entspannt zu wirken, doch wir alle – Angela und Claudia waren auch da – wussten, dass der Schmerz kaum mehr im Zaum zu halten war und dass die Morphin-Dosis bald erhöht werden musste.

Ich erinnere mich noch an das letzte Mittagessen, bei dem wir verzweifelt versuchten, unbeschwert zu wirken, doch jedes Mal, wenn wir dich ansahen, wurde es schwerer, Angst und Trauer vor dir zu verbergen. Und du, an was dachtest du, wenn du uns ansahst? Für den, der weiß, dass er sterben muss, sind alle anderen unsterblich. Sie haben das ganze Leben noch vor sich. Ich sah dich an und fragte mich, wo du deine geballte innere Angst wohl verbargst, denn heute weiß ich, dass die Angst vor dem Tod stärker ist als alles. Nichts ist ihr gewachsen. Ich sehe dich noch, wie du am Tisch sitzt und versuchst, mir zuzulächeln, mich ansiehst mit schmerzgetrübter Zärtlichkeit, die Angst in den Augen. Aber du warst da. Krank, aber da, noch war unsere Zeit nicht vorbei. Du warst noch bei mir, und wenn es nach mir ginge, wollte ich dich auch krank, auch in hundertjährigem Schlaf, nur um deinem lautlosen Atem zu lauschen: schlafend, aber am Leben. Manchmal, wenn ich mit geschlossenen Augen auf dem Bett in meinem Zimmer liege, stelle ich mir vor, wie die Wohnungstür aufgeht und du bist da, im Flur, vor deiner Zimmertür. Dein Lächeln, dein dunkles Haar, dein Parfum. – Komm nicht zu spät. Hast du Hausaufgaben gemacht? Gehst du heute nicht schwimmen? Zieh dich warm an, es ist kalt. Wenn du willst, hol ich dich ab. Bist du nicht mit deinen Freundinnen verabredet? – Du hast die Hand auf der Klinke und traurige Augen. Die Krankheit hat deine Schultern gebeugt, und du hast diesen Blick, den ich nie vergessen werde und der unablässig fragt, selbst jetzt noch: Wieso mir? Wieso ich? Wer weiß, wie oft du das gedacht hast, während du Untersuchungsergebnisse und CT-Werte studiertest und dir vorstelltest, wie unsichtbare Strahlen deinen Körper durchdringen, um einen Haufen durchgedrehter Zellen aufs Korn zu nehmen, stets in der Hoffnung, etwas könnte sich verändert haben, du könntest sagen, alles ist in Ordnung, es ist vorbei, vorbei, vorbei.

26. Dezember

Von der Langeweile überwältigt, rufe ich Sonia an und frage sie, ob sie Lust hat, ein bisschen rauszugehen. Sie sagt, mein Anruf überrasche sie, doch sie freue sich riesig, und lädt mich für denselben Abend zu sich nach Hause ein. Barbara, Ilaria und die anderen Mädchen würden auch kommen. »Na los, komm doch, es wird bestimmt saulustig«, schiebt sie hinterher, als spürte sie, dass ich es mir noch anders überlegen könnte. Kurzerhand sage ich ja und stehe abends bei ihr vor der Tür. Ich habe mich aufgestylt, als wollte ich tanzen gehen, und als ich die Jacke ausziehe, sehen alle mich an, nur Sonia macht mir Komplimente. Ich trage einen Jeansmini und einen schwarzen Oversize-Angorapulli, der meine Schultern freilässt, das Haar in einem losen Zopf und die hochhackigen schwarzen Stiefel. Als ich mich zu Hause im Spiegel angeguckt habe, kam es mir ein bisschen übertrieben vor, schließlich würden nur Mädchen aus der Schule kommen, aber dann habe ich drauf gepfiffen.

Sonias Eltern sind nicht da. Sie hat alles in der Kellerbar aufgebaut, den Tisch mit Essen und Trinken und die Stereoanlage, aus der Shakiras Stimme dröhnt. Sonia kommt zu mir und flüstert mir ins Ohr, es würden auch ein paar Jungs kommen. Giovanni natürlich auch. Deshalb ist sie so aufgedreht: ihre Chance für den Rückeroberungsversuch.

Während des Essens redet man über Schule, Abi, Jungs, Klamotten, das übliche Gelaber. All das, worüber ich vor zwei

Jahren auch noch geredet habe; jetzt wird mir davon schlecht. Jedes Mal, wenn der Name eines als süß erachteten Jungen fällt, ertönt Gekicher und Gequietsche, aus dem ich mich eisern raushalte. Vielleicht ein wenig zu sehr, denn die ätzende Ilaria merkt es und fängt an, von Gabriele und vom letzten Schultag zu reden, als er Greci seine Zeichnungen mitgebracht hat. Wenn er sich anders anziehen würde, meint sie, sähe er gar nicht mal scheiße aus, und erst vor ein paar Tagen hätte sie ihn mit einer gesehen. Sie wirft mir einen Blick zu, um sicherzugehen, dass ich auch zuhöre, und ich mime ein erstauntes Gesicht. Ich komme mir vor wie in diesen alten Filmen, in denen die Frauen unter Frisierhauben sitzen und tratschen. Ich sage nichts, obwohl ich genau weiß, dass alle nur darauf warten: Bin ich oder bin ich nicht seine Banknachbarin? Nicht einmal die schamlos ausgetauschten Blicke locken mich aus meinem Bau. Seelenruhig esse und trinke ich weiter, als wäre ich Sonias entfernte Cousine, lächele hin und wieder und tue so, als ginge mich all das Gerede nichts an: Ich bin Schwedin und gehe auf eine finnische Schule. Zu einer anderen Gelegenheit hätte ich ihr vielleicht die Meinung gesagt und wäre gegangen, doch jetzt bleibe ich cool und höre nicht hin.

Als die Jungs kommen, geht die Stimmung wieder nach oben, die Luft füllt sich mit neuer Spannung und der aromatischen Kälte, die ihren dicken Jacken entströmt. Einige scheinen mich nicht erwartet zu haben und sehen mich fragend an. Als Giovanni kommt und mich rauchend in einer Ecke entdeckt, blitzen Überraschung und Bewunderung in seinen Augen auf, was Sonia leider nicht entgeht. Das geht nicht gut aus, denke ich. Ich tue so, als wäre nichts, und grüße ihn kaum.

Er erwidert meinen unterkühlten Gruß mit einem kleinen Kopfnicken und fängt an, mit Ilaria zu reden.

Als das erste Hallo vorüber ist und alle sich mit den Räumlichkeiten und Getränken vertraut gemacht haben, dimmt Sonia das Licht, Shakira wird von langsameren, sinnlicheren Rhythmen abgelöst, und ein Joint beginnt zu kreisen. Irgendjemand lässt sich auf das lange Sofa fallen, das fast die gesamte Rückwand einnimmt, andere rücken den Tisch beiseite und fangen an zu tanzen. Als Luca aus der 13 B mir den Joint hinhält, lehne ich ab und stehe auf, um mir noch ein Bier zu holen. Gerade will ich einen Schluck nehmen, als sich jemand von hinten nähert. Ich drehe mich um und stehe vor Giovanni, der mich zum Tanzen auffordert. Ich will nein sagen, doch als er mir das Glas aus der Hand nimmt und mich auf die Tanzfläche zieht, folge ich ihm zahm wie ein Lämmchen. Sonia durchbohrt mich mit ihren Blicken, und wieder ahne ich, dass das nicht gut ausgehen wird, doch ohne weiter darüber nachzudenken, schmiege ich mich an Giovanni und lasse sie schmollen.

Nach dem Tanz kehrt Giovanni zu seinen Freunden zurück, die gerade einen neuen Joint bauen. Ilaria sitzt mit Giovannis Freund Francesco auf dem Sofa; sie lachen wie die Blöden. Giovanni lässt sich neben Ilaria fallen und greift an ihr vorbei nach dem Joint. Ich gehe zu Sonia hinüber, und Feindseligkeit schlägt mir entgegen. »Du hattest mir gesagt, er sei dir total egal.« Vernichtend funkelt sie mich an. »Ist er mir auch«, antworte ich ruhig und bestimmt, »ich hab mit ihm getanzt, nicht gevögelt.« Sie zuckt zusammen und wird rot. »Bedien dich ruhig«, kichert sie überspannt, »mit dem Arschloch bin ich sowieso fertig.« – »Ach ja? Und warum hast du ihn dann eingeladen? Er hat dich doch abblitzen lassen, oder?« Entgeistert starrt sie mich an. So viel Bosheit hat sie nicht von mir erwartet. »Ich dachte, du bist meine Freundin«, sagt sie mit zitterndem Stimmchen. »O Gott, die Szene um die verratene Freundschaft hat gerade noch gefehlt«, schnaube ich genervt. Barbara und die anderen sehen zu uns herüber, auch Giovanni und seine Freunde. Sämtliche Blicke sind auf mich gerichtet, niemand redet mehr, alle scheinen nur darauf zu warten, dass die Situation eskaliert: Die Überraschungsshow des Abends kann beginnen. Auch Ilaria, die inzwischen auf Francescos Schoß gekraxelt ist, glotzt mich an, als sei ich die Gemeinheit in Person. Habe ich so laut geredet? Die können mich unmöglich gehört haben, und was habe ich schon gesagt? Wieder sehe ich Sonia an, die mit steifen Armen und geballten Fäusten dasteht wie eine Fünfjährige. »Dreckstück«, zischt sie, »von dir hätte ich das nicht erwartet.« – »Was hast du nicht erwartet? Was hab ich denn Schlimmes gemacht?« Ich schreie fast, inzwischen bin ich nicht nur sauer auf sie, sondern auf alle. Schlangengrube, denke ich, was hab ich hier überhaupt verloren? Ich stiere sie an, als könnte ich sie zu Staub zerfallen lassen. Dann drehe ich mich um, raffe meine Jacke von einer Stuhllehne und gehe zur Tür. Als ich an Sonia vorbeirausche, bedanke ich mich für die Einladung und lasse sie sprachlos stehen. Giovanni sieht mir verständnislos nach. Als er gerade aufstehen und mir folgen will, knalle ich die Tür so laut es geht hinter mir zu.

Im Raum schweben

Ehe der Sarg geschlossen wurde, habe ich mich zu dir hinuntergebeugt und dich geküsst.

Erinnerst du dich, als wir uns über Astronauten unterhielten und nicht verstehen konnten, wie sie es außerhalb ihrer Raumkapsel schwebend im Nichts und in dieser unendlichen Leere aushielten? Wenn ich versuchte, mich in sie hineinzuversetzen, zog sich mein Magen sofort vor Angst zusammen und mein Herz begann zu pochen.

Ich habe mich zu dir hinuntergebeugt, und es war, als verlöre ich mich im Raum, in der Leere. Ohne Wiederkehr, ohne Raumschiffe, die mich nach Hause zurückbrächten.

Als der Sarg geschlossen wurde, bin ich auf den Balkon gegangen, weil ich es nicht hören wollte.

Gestern habe ich in der Stadt eine Frau gesehen, die dir ähnlich sah. Ich konnte ihr Gesicht nicht sehen, aber sie hatte deinen Haarschnitt und trug einen dunklen Dufflecoat. Ein Stich ins Herz. Instinktiv bin ich ihr gefolgt, ein seltsames Spiel. Ich habe mir vorgestellt, du wärst nicht gestorben, sondern hättest nur eine Weile verschwinden müssen wie in einem Spionagefilm, in dem die Hauptfigur scheinbar stirbt und unter anderem Namen wieder auftaucht. Du hättest mir nichts sagen können und auch jetzt, wo du wieder da wärst, könntest du nicht mehr meine Mutter sein. Du wärst eine andere, die, der ich nachlief, und wir könnten nichts tun, als uns aus der Ferne ansehen.

Voller Sehnsucht nach deiner Umarmung, nach deiner

Stimme bin ich dieser Frau gefolgt. Sie blieb an einer Ampel stehen, ging über die Straße und betrachtete das Schaufenster eines Schuhgeschäftes. Sie hatte genau deinen Gang, schnell und bestimmt. Fröstelnd zog sie die Schultern hoch, presste die Arme an den Körper und vergrub die Hände noch tiefer in den Taschen ihres Dufflecoats. Einen Moment lang fürchtete ich, die Beherrschung zu verlieren und nach ihr zu rufen oder ihr um den Hals zu fallen. Mich überkam ein geradezu übermächtiges Verlangen, und den Blicken der Passanten nach zu urteilen, muss ich ein seltsames Bild abgegeben haben. Ich rempelte ein paar Leute an und lief, ohne mich zu entschuldigen, weiter. Du warst wichtiger.

Schließlich waren wir uns so nah, dass ich nur meine Hand hätte ausstrecken müssen, um sie zu berühren. Ich hatte Angst, sie könnte sich plötzlich umdrehen und das Spiel beenden. Es durfte nicht enden, denn es erfüllte mich mit einer dumpfen Freude. Für ein paar lächerliche Augenblicke bin ich wieder glücklich gewesen. Glücklich.

Schließlich ist sie an einer Bushaltestelle stehen geblieben und ich habe sie angesehen, bis sie mit dem nächsten Bus verschwand.

26. Dezember – die zweite

Als ich Sonias Party verlasse, ist es kurz nach elf, doch ich habe keine Lust, nach Hause zu fahren. Nach ein paar Runden mit dem Roller durch die Stadt fasse ich mir ein Herz und fahre zu Petrit. Während ich auf die Klingel drücke, sehe ich auf die Uhr: Es ist kurz nach halb zwölf. Die Gegensprechanlage bleibt stumm, doch die Tür springt auf und ich gehe hoch. Gabriele ist nicht da, sagt Petrit mir lächelnd. »Aber ich glaube, er kommt bald wieder. Du kannst auf ihn warten, wenn du willst.« Er lässt mich herein. Ich folge ihm in die Küche, starker Kaffeegeruch schlägt mir entgegen. Neben dem Gasherd sitzt ein Typ und nickt mir zu. »Das ist Milon«, sagt Petrit und dreht sich zu mir um. »Und das hier ist …« – »Alessandra.« Ich lächele beklommen. Das ist der letzte Ort, an dem ich sein sollte. »Wir haben uns gerade Kaffee gemacht, willst du einen?« – »Nein, danke.« Meine Finger krampfen sich in den Jackentaschen zusammen, weil ich wirklich nicht weiß, was ich sagen oder tun soll. »Kann ich nebenan auf ihn warten?« Ich nicke Richtung Gabrieles Zimmer. »Klar, wie du willst«, sagt er achselzuckend und lächelt. Ich gehe in Gabrieles Zimmer, schließe die Tür, ziehe Stiefel und Jacke aus, lege mich im Dunkeln aufs Bett und warte.

Als die Tür aufgeht, schrecke ich aus dem Schlaf. Ich setze mich auf und halte mir den Arm vors Gesicht, um von dem plötzlichen Licht nicht geblendet zu werden. Ich kann Gabrieles Gesicht nicht sehen. Einen endlos langen Moment steht er da, an den Türpfosten gelehnt, und mustert mich mit zusammengekniffenen Augen. Dann schließt er wortlos die Tür, legt den Helm auf den Boden und schält sich schwerfällig aus der Jacke. Er sieht mich nicht an, sagt kein Wort. Mit jeder seiner Bewegungen ist er ganz bei sich, ich existiere nicht. Schließlich greift er zum Schalter und macht das Licht aus. Ich lege mich wieder hin und warte beklommen. Weshalb bin ich bloß gekommen, die ganze Situation ist völlig absurd. Ich muss verrückt sein. Ich bin verrückt. Ich höre Kleiderrascheln, Schuhe, die in eine Zimmerecke geschleudert werden. Dann streckt er sich auf der anderen Bettseite aus.

»Ich wusste nicht, wo ich hin sollte«, sage ich leise, und mit meiner Stimme kommt der Mut zurück. »Aber wenn du willst, gehe ich.« Er antwortet nicht, liegt reglos da.

Draußen hat es angefangen zu regnen, man hört die Tropfen gegen die Scheiben trommeln. Mir wird kalt. Kurzerhand schlüpfe ich unter die Decke, und einen Moment später tut Gabriele dasselbe. Dann dreht er sich zu mir um und nimmt mich in die Arme, ganz sacht, als hätte er Angst, eine falsche Bewegung könnte mich in die Flucht schlagen. Stumm erwidere ich die Umarmung, dankbar für sein Schweigen.

Würde uns jetzt jemand sehen, hätte er eines dieser Vexierbilder vor Augen: Diese Umarmung sind wir, aber auch etwas anderes, das wir vorher nicht erkannt haben, die Distanz war zu groß. Lange liegen wir eng umschlungen da, dann fangen wir an, uns zu küssen, uns ganz langsam auszuziehen und die Kleider um das Bett zu verteilen.

Jetzt ist das Bett ein Boot, und die Kleider driften davon. Das Meer, das uns wiegt, ist tintenschwarz und verhüllt Körper und Gesichter. Wir schlafen miteinander wie zwei Fremde, die sich nicht wiedersehen werden, wie zwei Schatten, die sich aus der Dunkelheit gelöst und auf diesem Bett getroffen haben.

Schließlich bleiben wir Arm in Arm liegen, und als ich gerade einschlafen will, höre ich Gabriele sagen: »Ich habe an dem Tag auf dich gewartet.«

2046

Ein Film, den meine Mutter besonders liebte, heißt *2046* und ist von einem Regisseur namens Wong Kar-Wai. Es ist ein Film über die Liebe und die Erinnerungen daran. Meine Mutter war ganz verrückt nach solchen seltsamen, wehmutsvollen Filmen. Von diesem hatte sie sich sogar den Soundtrack gekauft.

Ich weiß, weshalb meine Mutter diesen Film so liebte. Auch sie wartete auf ihre Liebesgeschichte, auf die wahre, die sie niemals vergessen und in ihren Erinnerungen mit der immer gleichen Intensität wieder aufleben lassen würde. Ich glaube, sie sehnte sich nach einem Mann, der sich ohne sie verloren fühlte, der sie stets an seiner Seite haben wollte, wohin er auch ging. Doch dieser Mann hatte sich nie gefunden, und später war nicht mehr die Zeit dazu.

Wäre sie jetzt hier, würde ich ihr die Augen zuhalten und sie fragen, was ihre Erinnerung von Liebe ist. Ich wäre deren Hüterin, wie der Androide im Film. Aber ich habe keine Geheimnisse, die ich hüten kann.

Meine Mutter liebte es, mir Filme zu erzählen. Jedes Mal, wenn sie aus dem Kino kam, sagte sie, sie könne mir eine schöne Geschichte erzählen, und während ich ihr zuhörte, las ich in ihren Augen die Sehnsucht nach einem intensiveren, anderen Leben. Während ihres letzten Lebensjahres haben wir viele Filme gesehen. Wir lagen zusammen auf dem Bett, doch von Erschöpfung und Schmerz übermannt, schlief sie immer vor dem Ende ein. Hin und wieder betrachtete ich sie im Schlaf und sah den Film alleine zu Ende. Am nächsten Tag foppte ich sie damit, sie sagte, entschuldige, Alessandra, ich war so müde, und dann erzählte ich ihr den Schluss oder ließ sie ihn raten.

Immer und ewig höre ich noch diesen Satz: Ich war müde, ich bin müde. Damals wusste ich bereits, was er bedeutete. Er bedeutete, dass wir bald nichts mehr zusammen machen würden.

Ich erinnere mich an einen Nachmittag knapp drei Monate vor der OP, als wir losgingen, um ihr einen neuen Trainingsanzug zu kaufen und sofort wieder umkehren mussten, weil sie plötzlich derartige Schmerzen bekam, dass sie sich nicht mehr auf den Beinen halten konnte. Während eine Verkäuferin ihr die Jacke eines dunkelblauen Trainingsanzuges hinhielt, wurde sie auf einmal kreidebleich. Lächelnd bat sie um einen Stuhl, dann flüsterte sie mir zu: »Alessandra, ruf Nonna an, ich schaffe es nicht.« Ich konnte den Schmerz in ihren Augen sehen, während ihre mageren Hände meinen Arm umklammerten, um sich auf dem Stuhl niederzulassen, und die Verkäuferin eher irritiert als freundlich fragte: »Fühlen Sie sich nicht gut?« Meine Mutter entschuldigte sich und bat mich, den Trainingsanzug zu kaufen, schließlich sei einer so gut wie der andere. Ich wollte noch etwas zu der Verkäuferin sagen, schwieg aber, um meine Mutter nicht noch mehr in Verlegenheit zu bringen.

Im Auto musste ich mich entsetzlich zusammenreißen, um nicht in Tränen auszubrechen. Die Angst schnürte mir die Kehle zu, und ich brachte keinen Ton heraus, die Worte waren zu Sand geworden.

27. Dezember

Als ich aufwache, ist das Bett neben mir leer und in der Wohnung ist es vollkommen still. Fröstelnd stehe ich auf und taste nach dem Lichtschalter. Gelbliches Licht erfüllt das Zimmer und lässt alles noch unwirklicher erscheinen. Ich sammle meine Sachen auf, ziehe mich hastig an und gehe in die Küche. Gabriele hantiert am Gasherd mit der Kaffeemaschine. »Guten Morgen«, sagt er und dreht sich kaum um. »Willst du einen Kaffee?« – »Ja, danke.« Verlegen bleibe ich am Türpfosten stehen. »Wenn du dich frisch machen willst, ich hab dir saubere Handtücher ins Bad gelegt. Es ist alles für dich bereit. Petrit kommt erst später wieder.« – »Danke.« Ich fahre mir mit der Hand durchs Haar. Dann drehe ich mich um und schleiche ins Bad. Ich bin ihm dankbar für seine Umsicht. Als ich wieder herauskomme, ist der Kaffee fertig, und neben der Tasse auf dem Tisch steht ein Tellerchen mit Keksen. Wir vermeiden es tunlichst, uns anzusehen, während wir schweigend unseren Kaffee trinken, ich halb auf dem Tisch sitzend, er gegen den Herd gelehnt, derweil das bläuliche, frühmorgendliche Licht durch die Fenstertür fällt.

»Gut geschlafen?« Er wirft mir einen raschen Blick zu.

»Ja, und du?«

»Auch. Ich schlafe gern, wenn es regnet.«

»Ich auch, total.« Ich muss daran denken, wie ich in der Nacht aufgewacht bin und dem Regen gelauscht habe.

»Gehst du jetzt gleich?«, fragt er, wäscht die Tasse ab, stellt sie neben das Spülbecken, dreht sich um und kommt zu mir.

Sacht nimmt er mich in die Arme und drückt seine Lippen an meinen Hals. »Ja, ich muss los, meine Großmutter macht sich bestimmt Sorgen«, flüstere ich, das Gesicht in seinem blauen Sweatshirt vergraben. »Ich geb dir meine Handynummer, ruf mich an, wenn du willst«, raunt er und fängt an, mich zu küssen und zu streicheln. Eine Ewigkeit stehen wir so in der Küche, eng umschlungen, und schließlich kehren wir ins Zimmer zurück.

Als ich nach Hause komme, ist meine Großmutter schon auf und steht in der Küche. Mechanisch bete ich die Entschuldigung herunter, die ich mir unterwegs zurechtgelegt habe, um ihren Fragen zuvorzukommen. »Ich hab bei Sonia geschlafen. Nach der Party haben wir noch ewig gequatscht und ich hab nicht mehr auf die Uhr gesehen.« Ihr angespanntes, übermüdetes Gesicht verrät, dass sie mir kein Wort glaubt. Sie mustert mich einen Moment. »Das nächste Mal rufst du an, auch wenn es spät ist, damit ich mir keine Sorgen machen muss.« Eigentlich wollte sie etwas anderes sagen, doch sie hat nicht die Kraft, mir Vorhaltungen zu machen.

Plötzlich fühle ich mich unendlich müde. Ihr bekümmerter Blick liegt wie Blei auf meinem Gewissen. Ich lasse mir später etwas einfallen, um es wiedergutzumachen.

Im Flur halte ich vor der Zimmertür meiner Mutter inne.

Ich ertappe mich oft dabei, dass ich davor stehe und mich nicht hineintraue.

Der Wohnung wurde ein Zimmer amputiert. Es ist da, aber zugleich auch nicht. Es ist eine geschlossene Tür und dahinter nur Dinge, Gegenstände.

In den letzten Monaten haben wir alles weggeräumt, aber

die eine oder andere Kleinigkeit taucht trotzdem noch auf: ein Einkaufszettel, eine auf eine leere Zuckertüte gekritzelte Telefonnummer.

Alles, was wir gefunden haben, haben wir verwahrt und in eine ihrer Schubladen gelegt, als könnte sie uns irgendwann danach fragen.

Alles, was dir gehörte, ist jetzt in deinem Zimmer, in dieser kranken Lunge, zu der deine Abwesenheit geworden ist.

28. Dezember

Auch heute war ich mit Gabriele zusammen, aber es war nicht so toll wie gestern. Nicht, dass wir gestern wer weiß was gemacht hätten, außer den ganzen Nachmittag in seinem Zimmer abzuhängen, aber es war schön. Erst haben wir miteinander geschlafen und dann einen dieser Uraltfilme gesehen, die um die Feiertage immer im Fernsehen laufen. Es war lustig, mir ging's gut. Heute sollte er mich um zwölf anrufen, aber um zwei hatte er sich noch immer nicht gemeldet, also hab ich angerufen, und wir haben uns bei Petrit verabredet, doch ich hatte nicht den Eindruck, dass er mit mir zusammen sein wollte. Weil es draußen grau und kalt war, hatte ich zwei Filme mitgebracht, aber nach kaum zehn Minuten wollte er eine Runde mit dem Roller drehen. Ich bin hinter ihm aufgesessen, und wir sind ans Meer und dann in die Hügel gefahren. Am Meer sind wir eine Viertelstunde nebeneinander hergegangen wie zwei Fremde, die zufällig den gleichen Weg haben. Irgendwann bin ich stehen geblieben, doch er ist weitergelaufen, ohne sich überhaupt nach mir umzudrehen. Die gewechselten Worte lassen sich an einer Hand abzählen. Ich hasse es, wenn er so ist: Wenn er mich nicht sehen wollte, hätte er es nur sagen müssen. Als wir wieder zurück waren, musste ich noch mal in die Wohnung hinauf, weil ich mein Handy vergessen hatte. Petrit war in der Küche. Ich muss ein ziemlich langes Gesicht gemacht haben, denn er hat gefragt, wie es mir geht. Ich habe die Achseln gezuckt und dabei wohl ein ulkiges Gesicht gemacht, denn er musste grinsen. »Heute früh war seine Mutter da«, hat er leise gesagt, als wollte er mir eine Erklärung für den verpatzten Nachmittag geben. »Sie streiten, und dann fängt sie an zu weinen und er ist so.« – »Wieso haben sie gestritten?« – »Gabriele will nicht, dass seine Mutter bei seinem Vater bleibt. Der trinkt und ist arbeitslos. Er klaut ihr das Geld und behandelt sie schlecht, sehr schlecht.« Er machte ein besorgtes Gesicht. Ich habe genickt und mich verabschiedet, weil Gabriele unten auf mich wartete.

Er hat mich flüchtig geküsst und nicht nach meinen Plänen für heute Abend oder morgen gefragt. Also habe ich auch nichts gefragt und bin grußlos weggefahren. Vielleicht hätte ich nachsichtiger sein sollen, aber jeder von uns hat seine Probleme, das ist kein Grund, es an allen auszulassen.

Tolle Ferien, genau das, was ich brauchte.

Gestern Morgen habe ich mich mit Sonia getroffen. Sie hat sich für den Abend bei ihr entschuldigt und gesagt, sie sei total angespannt gewesen und benehme sich in letzter Zeit mit allen so. Dann kam sie wie zufällig auf Giovanni zu sprechen. Als klar wurde, dass sie wieder auf den Busch klopft, habe ich sie angeschnauzt, sie solle es lassen, sie sei wohl bescheuert, jemandem hinterherzurennen, der sich einen Dreck um sie schert. Und überhaupt, sie sei die Letzte, mit der Giovanni was zu tun haben wolle. Sie ist kreidebleich geworden, und die Tränen sind ihr in die Augen geschossen. »Woher willst du das denn wissen?«, hat sie mich angebrüllt. Wir saßen um elf Uhr morgens im Caffè del Centro, die halbe Stadt war da. Sie solle sich beruhigen, habe ich sie unterkühlt freundlich gebeten, doch es half nichts. »Was weißt du denn schon«, hat sie mir schrill ins Gesicht geschleudert. Ich war es satt. Dieses ganze

Erklären, Zuhören, Verstehen ging mir auf den Zeiger. Ich hatte mich nur hierherschleifen lassen, um mir einreden zu können, ich täte noch normale Dinge, ich hätte mich im Grunde nicht verändert und die Welt, in der ich lebe, wäre noch immer dieselbe. Ich habe die neugierigen Blicke ignoriert – was soll schon sein, zwei zankende Mädchen – und sie toben lassen. Eine solche Beherrschung hätte ich mir nicht zugetraut. Zweimal hat sie mich miese Schlampe genannt, und ich habe nicht mit der Wimper gezuckt, mich in die Frisur der Dame am Tisch vor uns vertieft und mich gefragt, wie alt sie wohl ist. Fünfundvierzig? Fünfzig, für die sie sich großartig gehalten hat wie Sharon Stone? Und wie werde ich mit fünfzig sein? Schön, hässlich, unglücklich? Ich sah Sonia nicht mal mehr an. Sonia und ihr hysterischer Anfall schlugen mir buchstäblich auf den Magen. Im Grunde leidet sie, dachte ich, aber das war mir schnuppe.

Wo ist eigentlich die Liebe hin?

29. Dezember

Nach dem gestrigen Ausflug noch keine Nachricht aus Zerolandia. Offenbar hat Petrit recht und er will einfach alleine sein. Aber ich nicht mehr. Ich habe keine Lust, die ganze Zeit zu Hause zu hocken und vor mich hin zu brüten. Deshalb habe ich Giovanni zugesagt, als er heute vorbeikam. Sein Besuch war eine echte Überraschung, auch wenn ich nach dem Geschenk halb damit gerechnet hatte. Er kam vom Volleyballtraining, sein Haar war noch nass. Er fragte, ob ich Silvester schon verplant sei oder vielleicht zu ihm kommen wolle. Seine Mutter sei bei Freunden eingeladen, und er würde eine Party machen, nur was Kleines. Ich musste grinsen, denn er klang so feierlich, als handele es sich um eine Einladung in den Buckingham Palace und nicht um die übliche Versammlung der üblichen Verdächtigen. »Kommt Sonia auch?« – »Nein.« Er sah mir direkt in die Augen. »Ich habe sie nicht eingeladen. Stört dich das?« Ich habe noch nicht einmal geantwortet, schließlich hatte er uns bei Sonias Party streiten sehen. »Und wer kommt noch?« – »Du kennst sie alle.« Er zählte sie auf. »Ich weiß noch nicht, ich denk drüber nach.« – »Bist du mit diesem Typen zusammen?« Er klang gereizt. »Mit welchem Typen?«, habe ich gespielt ahnungslos zurückgefragt. »Na komm schon, du weißt genau, wen ich meine.« Er starrte auf die Sporttasche zwischen seinen Füßen, dann blickte er auf und sah mich mit seinen märchenhaft grünen Augen an. »Wieso willst du, dass ich zu deiner Party komme?« – »Weil es eine gute Gelegenheit wäre, ein bisschen zusammen zu sein und einander besser kennenzulernen«, hat er ganz ruhig und ohne wegzusehen geantwortet. »Wenn du morgen nichts vorhast, könnten wir doch was zusammen machen? Pizza, Kino, wozu du Lust hast. Du wirst sehen, ich bin ein nettes Arschloch, und du hast einen Freund mehr.« Er hat der Tasche einen kleinen Tritt versetzt und mir ein offenes, aufrichtiges, wunderschönes Lächeln geschenkt. Unmöglich, dabei cool zu bleiben. Fasziniert starrt man ihn an, weil man meint, gleich hinter das Geheimnis zu kommen: Sind es die Augen oder der hübsche Mund oder die sanften Locken, die ihm wirr in die Stirn fallen und seinen Blick unterstreichen? Keine Frage, die Natur hat es richtig gut mit ihm gemeint. Ich musste an Gabriele denken, und gerade als ich beschloss, es nicht zu tun, sagte ich ja. Vielleicht hat er recht, dachte ich, und ich stelle fest, dass ich einen Freund mehr habe. »Okay, einverstanden«, habe ich gesagt und alle warnenden Stimmen in meinem Kopf zum Schweigen gebracht. »Pizza oder Kino?« Er strahlte. Offenbar hatte er nicht damit gerechnet. »Lass uns erst mal losgehen, dann sehen wir weiter.« – »Okay, ich hole dich um halb zehn ab.« Er griff nach seiner Tasche. »Okay, um halb zehn.« Als er auf sein Motorrad stieg, dachte ich: Noch kann ich ihn zurückhalten und absagen, doch stattdessen stand ich einfach nur da und sah zu, wie er davonfuhr.

Natürlich habe ich auch ans Mouse gedacht, aber ich sagte mir, der Abend gilt nicht, wir hatten beide was getrunken, und auch wenn er sich wie ein Arschloch benommen hat, muss das nicht heißen, dass er wirklich eines ist. Das ist die Chance, ihn besser kennenzulernen, was weiß ich schon von ihm, abgesehen von dem bisschen, das alle wissen?

Ich weiß, dass er bei seiner Mutter lebt. Eine schöne Frau,

die die vierzig seit einer Weile gepackt hat und eine der teuersten Boutiquen der Stadt besitzt. Der Vater, ein hiesiger Kleinunternehmer, hat sie für eine dreißigjährige Sekretärin sitzenlassen, mit der er vor zwei Jahren ein Kind bekommen hat. Der Mutter ging es eine Weile schlecht, dann hat sie einen anderen getroffen, einen stinkreichen Architekten, den Giovanni nicht ausstehen kann. Die neue Lebensgefährtin seines Vaters kann er ebenfalls nicht ausstehen, man darf ihm also nicht mit seinen Eltern und vor allem nicht mit seinem neuen Bruder kommen. Giovanni baut zwar keinen Mist, macht aber nur das, wozu er Lust hat, und lernt gerade genug, um an das zu kommen, was er haben will: Die Freunde, das Motorrad, das Volleyballtraining, das heißeste Mädchen und Kohle, richtig viel Kohle. Erwischt man ihn in einem guten Moment, kann er sehr witzig sein, doch meistens wirkt er genervt und angespannt, wobei ihm der leicht mürrische Zug um den Mund gut steht. Als ich die Einladung annahm, jedenfalls, erschien er mir ehrlich erfreut und nicht wie an dem Abend im Mouse, wo er mir fast ein bisschen Angst gemacht hat.

Mit einem Schulterzucken versuche ich den Gedanken an Gabriele zu verscheuchen, doch es hilft nicht, er will nicht verschwinden. Seit gestern hat er nichts mehr von sich hören lassen, aber ich habe keine Lust, ihn schon wieder anzurufen, um mich noch einen Nachmittag lang unerwünscht zu fühlen. Ich muss andere Leute sehen, sage ich mir, und tue den ganzen Tag nichts anderes, als auf mein Handy zu starren.

30. Dezember

Um Punkt halb zehn steht er vor der Tür. Mit dem Roller fahren wir ins Zentrum und schlendern los, um irgendwo was zu trinken. Zum Glück sind nicht viele Leute unterwegs, wir ergattern zwei Plätze in der Bierbar und plaudern drauflos. Ich bin ehrlich überrascht, was er alles weiß, außerdem ist er ein echter Kinofan. Ich sage ihm nicht, dass das die große Leidenschaft meiner Mutter war, kann aber nicht umhin, mir vorzustellen, wie sie zusammensitzen und sich über ihre Lieblingsfilme unterhalten. Die Zeit vergeht wie im Flug, es ist, als wären wir uralte Freunde, die sich nach einer Ewigkeit wiedersehen. Als wir das Lokal verlassen, bin ich beruhigt und fühle mich richtig gut, und als er mich zu sich nach Hause einlädt, um einen Film zu sehen, sage ich selbstverständlich ja. »Ist das für deine Mutter okay?« – »Keine Sorge, meine Mutter ist zum Abendessen eingeladen und kommt erst spät wieder. Aber die hat sowieso nichts dagegen, wenn ich ab und zu jemanden mitbringe. Solange du die Gardinen nicht in Flammen setzt und die Pflanzen nicht gießt, ist alles in Ordnung.«

Giovannis Haus ist wunderschön. Zweistöckig, die Einrichtung weiß und hell, wie aus einer Zeitschrift. Als wir eintreten, bin ich sprachlos. »Krieg dich wieder ein, es ist nur ein Haus, nicht Versailles«, sagt Giovanni grinsend.

»Es ist wunderschön.« Ich lächle zurück. »Danke. Freut mich, dass es dir gefällt. Komm, wir gehen nach oben, ich zeig dir den Rest.«

Eine dunkle Holztreppe mit Plexiglasgeländer führt nach oben. Dort gibt es drei Schlafzimmer und zwei wohnzimmergroße Bäder. Giovannis Zimmer ist riesig, außer dem Bett stehen darin noch ein Sofa und eine niedrige TV-Bank. Überflüssig zu erwähnen, dass darauf ein Plasma-Fernseher steht, dessen Flachbildschirm fast so groß ist wie die Leinwand eines Programmkinos. Das Kopfteil des niedrigen Bettes hat dieselbe Farbe wie die Schranktüren. Auf dem dunkel bezogenen Puff am Fußende liegt ein Stapel frisch gebügelter Jeans. Ein massiver Holzschreibtisch und ein Bücherregal aus satiniertem Metall vervollständigen die Einrichtung. Es gibt weder Poster noch Fotos oder sonstigen Nippes, und alles ist perfekt aufgeräumt. Das nennt man wohl minimalistisch. Giovanni zeigt auf eine Reihe DVDs und sagt, ich solle aussuchen, worauf ich Lust habe. Ich greife nach einer Komödie, die ich schon gesehen habe, aber das sage ich ihm nicht, denn ich sehe sie gern noch mal, und so machen wir es uns auf dem Sofa bequem. Giovanni legt mir einen Arm um die Schultern und breitet mir ein superweiches Plaid über die Beine, das er aus dem Schrank gefischt hat. Er greift nach einer der beiden Fernbedienungen in seinem Schoß, dimmt das Licht und schaltet den DVD-Rekorder ein.

Während wir den Film sehen, erwische ich mich ein paarmal dabei, wie ich an Gabriele denke, an sein karges Zimmer, daran, wie es mit ihm war, auch wenn manchmal alles verquast erscheint und die richtigen Worte schwer zu finden sind. Irgendwas von ihm fehlt mir jetzt, etwas, das es in diesem wunderschönen, durchgestylten Zimmer nicht gibt, seine stille, gelassene Gegenwart.

Nach der Hälfte des Films haben wir aufgehört zu lachen, jeder hängt seinen Gedanken nach. Plötzlich dreht sich

Giovanni zu mir und küsst mich sanft auf den Hals und dann noch einmal direkt unters Ohr. Unmerklich rücke ich von ihm ab, vielleicht ein bisschen zu unmerklich, denn er begreift die Message nicht und macht weiter, zieht mich an sich und sucht mit seinem Mund nach meinem. Die Szene im Mouse kommt mir wieder hoch, und mir wird mulmig. Mit beiden Händen schiebe ich ihn weg und sage leise, dass ich das nicht will. Sofort komme ich mir total bescheuert vor. Wieder so eine beknackte Aktion von mir, nur diesmal, schwant mir, komme ich nicht so glimpflich davon, denn als ich ihm sage, dass ich jetzt wohl besser gehe, verändert sich seine Miene schlagartig.

»Und wo willst du hin, zu deinem Penner-Freund?« Er lächelt aggressiv, seine Augen sind plötzlich eisig. In ihnen liegen ein Hass und eine Wut, die mich sofort in Alarm versetzen. Ich antworte nicht.

»Also, wo willst du hin?«, wiederholt er schneidend.

»Nach Hause«, stammele ich. Ich versuche zu lächeln und will aufstehen, doch er packt mich beim Handgelenk und zieht mich mit einem Ruck aufs Sofa zurück. Ich fange an zu zittern, mein Blick schießt panisch umher, als säße ich in der Falle.

»Du gehst nirgendwo hin, klar?«, zischt er mir ins Gesicht und umklammert mein Handgelenk noch fester. Als ich versuche, mich loszumachen, wirft er sich mit seinem ganzen Gewicht auf mich.

Ich schreie, er soll mich in Ruhe lassen, versuche mit aller Kraft, ihn wegzustoßen, doch er ist stärker, mit einer Hand drückt er mir die Arme überm Kopf nieder, mit der anderen reißt er mein T-Shirt und den BH hoch.

Der bittere Geschmack der Angst erfüllt meinen Mund, mein Herz schlägt zum Zerspringen und dröhnt in meinen Ohren. Ich schreie, aber es ist, als hörte ich meine eigene Stimme nicht, und das Zimmer beginnt sich zu drehen. Das bin nicht mehr ich, sondern ein mit Angst ausgestopftes Tier. Als ich seine Hand zwischen den Beinen spüre, ramme ich ihm das Knie in die Weichteile, dass er unversehens von seiner Beute ablässt. Ich schaffe es, mich zu befreien und vom Sofa aufzuspringen, doch er ist schneller und versetzt mir einen derart heftigen Stoß, dass wir beide über den Boden rollen und miteinander zu ringen beginnen, derweil mir die Tränen übers Gesicht strömen und die Angst mir die Kehle abdrückt. Er nennt mich Nutte, Flittchen, dann packt er mich bei den Haaren und verpasst mir eine Ohrfeige, die mir den Atem nimmt. Schluchzend flehe ich ihn an aufzuhören, doch umsonst. Als er mich beim Arm packt und zum Bett schleifen will, trete ich ihn mit voller Wucht gegen das Bein. Er stöhnt auf, doch statt mich loszulassen, rammt er mir die Faust in den Magen, dass ich rücklings zu Boden gehe. Aus meiner Kehle dringt ein Röcheln und Grunzen, das nicht von mir zu stammen scheint. Ich bin das Tier, das zu Tode geknüppelt wird. Ich krümme mich zusammen, ziehe vor Schmerz die Knie an die Brust und fange unkontrolliert an zu beben. Als er sich abermals nähert, überkommt mich eine derartige Übelkeit, dass ich kotzen muss.

»Scheiße, ist das widerlich!«, höre ich ihn sagen. »Scheiße, ist das widerlich!« Ich öffne die Augen und sehe, wie er mit wutverzerrtem Gesicht über mir steht. »Das machst du sauber, verstanden?«

Ich nicke, während er im Bad verschwindet. Das ist meine einzige Chance. Trotz des Schmerzes rapple ich mich mit übermenschlicher Anstrengung auf die zittrigen Knie. Gerade als sich die Tür zum Bad wieder öffnet, komme ich auf die Beine und spüre, wie das Adrenalin mir in jede Körperzelle schießt. In einem Bruchteil von Sekunden bin ich aus dem Zimmer und stürze die Treppe hinunter und zur Tür hinaus, und kaum bin ich draußen, fange ich an zu schreien, gleich dort auf der Schwelle, mit der ganzen Kraft meiner Lungen, und renne ohne stehen zu bleiben weiter, selbst, als ich schon auf der Straße bin.

Ich drehe mich nicht um, ich renne, ohne zu wissen, wohin. Laufe über die Straße und werde beinahe überfahren. Höre die Hupe und es ist, als würde sie mir zusammen mit meinem Herzen in der Brust explodieren. Mehrmals rutsche ich aus, schlage mir die Knie auf, stütze mich auf die Arme und spüre, dass sie zittern, als würde mich jemand heftig schütteln. Ich renne weiter. Als ich die offene Eingangstür eines Wohnhauses sehe, flüchte ich hinein, drücke mich gegen die Mauer, sinke zu Boden und schlinge die Arme um meine Knie. Ich versuche, das Zittern abzustellen, doch es gelingt mir nicht, die Luft brennt in meinen Lungen und verursacht mir unerträgliche Schmerzen. Das Licht geht an, ich höre Stimmen. Ich rapple mich hoch, stolpere hinaus, und erschauere, als die kalte Luft auf meinen schweißnassen Körper trifft. Ich bemühe mich, einen klaren Gedanken zu fassen, blicke mich um. Es ist niemand da. Ich will wieder losrennen, doch ich schaffe es nicht mehr, also gehe ich. Nach Hause.

31. Dezember

Als ich aufwache, ist es schon fast elf. Gestern Abend bin ich mit dem Ersatzschlüssel hereingekommen, der im Garten versteckt ist. Alles – meine Jacke, meine Tasche, der Roller – sind bei Giovanni geblieben. Ich bin ins Bad gegangen und habe geduscht. Mit geschlossenen Augen, die Handflächen gegen die Wand gestützt, habe ich das Wasser lange laufen lassen, um all die Kälte und Angst fortzuspülen. Ich habe versucht, so leise wie möglich zu sein, doch zum Glück war Nonna schon im Bett, hat nichts gehört. Als ich mich im Spiegel sah, habe ich einen Schreck gekriegt: verstörte, geschwollene Augen, graues, blutleeres Gesicht. Ich habe mich in den warmen Bademantel gekuschelt und mich mit dem Rücken gegen die Wand auf den Boden gesetzt. Die ganze Zeit flüsterte ich Mama, MamaMamaMama, unaufhörlich, als könnte sie meine tonlose Litanei hören, als könnte sie mich noch retten. In meinem Zimmer habe ich ganz langsam den Schlafanzug angezogen, alles tat mir weh: der Rücken, die Arme, aber vor allem der Unterleib. Ich habe versucht, an nichts zu denken, völlig benommen von dieser jähen Gewalt, deren dumpfes Dröhnen meinen Kopf erfüllte und im krassen Gegensatz zu der bleiernen Stille stand, die mich umgab. Es schien, als hätte sich die Welt kurz auf den Kopf gestellt und wäre, ehe ich noch begreifen konnte, was passiert war, wieder zur Normalität zurückgekehrt. Ich bin unter die Decke geschlüpft und habe angefangen, lautlos zu weinen und zu zittern, bis ich völlig erschöpft eingeschlafen bin.

Jetzt ist mir kalt, während mein Gesicht glüht. Ich versuche mir die gestrigen Ereignisse ins Gedächtnis zu rufen, doch jedes Mal weigert sich etwas in mir, und ich liege nur starr im Bett wie ein von Scheinwerfern geblendetes Tier, das auf den Aufprall wartet.

Nonna ist leise hereingekommen. Als sie sieht, dass ich wach bin, fragt sie, wie es mir geht. In ihrer Stimme schwingt Besorgnis mit. Ich ziehe mir die Decke über die Ohren, damit sie mein Gesicht nicht sieht, und antworte, ich hätte Fieber.

Sie sieht mich an, setzt sich auf die Bettkante und fragt mich, weshalb ich den Roller samt Tasche und Jacke vor dem Tor stehen gelassen habe. Die Nachbarin hat es entdeckt, als sie heute früh mit dem Hund rausgegangen ist, und hat meiner Großmutter Bescheid gesagt. Als sie den Roller mit all meinen Sachen gesehen hat, ist sie furchtbar erschrocken und hat sofort nachgesehen, ob ich auch wirklich da bin. Doch dann hat sie mich schlafen lassen, was passiert ist, konnte ich ihr auch später erklären, also jetzt. Doch was wirklich passiert ist, kann ich ihr nicht erklären. Im Grunde war es doch meine Schuld, oder? Ich bin schließlich freiwillig mitgegangen.

Sie redet leise, als spürte sie, dass mir etwas Unerfreuliches oder gar Schreckliches zugestoßen ist. Fieberhaft suche ich nach einer Ausrede, doch auf die Schnelle fällt mir nichts Besseres ein, als dass ich Krach mit meinen Freundinnen hatte und wütend abgehauen bin. Ich tue so, als sei ich schlapp und müde und bitte sie, mich noch ein bisschen schlafen zu lassen. Dann drehe ich mich auf die Seite und hoffe, sie hat es geschluckt. Ich merke, dass sie mich noch immer ansieht, spüre ihre geballte Besorgnis. Schließlich steht sie auf und geht wortlos zur Tür. »Heute Nachmittag kommt Claudia, dann könnt ihr vielleicht ein bisschen reden.« Ich hebe den Kopf aus dem Kissen. »Hast du sie angerufen?« Sie schüttelt den Kopf und sagt, Claudia habe gestern Abend angerufen, um zu wissen, was wir Silvester machen. Ich weiß, dass sie lügt, bestimmt hat sie sie angerufen, als sie all mein Zeug auf der Straße gesehen hat. Es ist mir egal, ich bin froh, dass Claudia kommt, das bringt mich auf andere Gedanken. »Und was hast du ihr gesagt?«, frage ich und krieche wieder unter die Decke. »Nichts, ich hab ihr gesagt, dass du wohl was mit deinen Freunden unternimmst.« Ihr Blick löst sich von mir und wandert zum Schreibtisch. »Ich glaube, ich habe Fieber«, sage ich plötzlich. »Kannst du mir eine Aspirin bringen?« Sie nickt seufzend. Ich weiß, woran sie denkt, denn ich denke an das Gleiche, wenn auch aus einem anderen Grund: Ich denke an meine Mutter, weil ich Angst habe; sie, weil sie glaubt, nicht genug Kraft zu haben, um all das hier zu stemmen.

Nach der Aspirin falle ich in tiefen Schlaf. Als ich aufwache, ist es zwei Uhr nachmittags, doch Claudia ist noch nicht da. Ich fühle mich schlapp, meine Muskeln schmerzen, vor allem aber tut der Faustschlag in den Magen weh. In jeder Hinsicht. Mühsam stütze ich mich auf die Ellenbogen und sehe meine Tasche auf dem Schreibtischstuhl stehen. Ich hole das Handy raus: Keine Nachricht. Besser so, denke ich, obwohl ich weiß, dass das nicht stimmt und ich nach dieser Nacht nicht mehr den Mut habe, Gabriele anzurufen. Nach dieser Nacht frage ich mich, wozu ich überhaupt noch Mut habe. Allein der Gedanke, wieder in die Schule zu gehen und Giovanni zu sehen, versetzt mich in Panik. Wem könnte ich davon erzählen? Und was überhaupt? Niemand hat uns gesehen, niemand weiß, dass ich mit ihm ausgegangen bin, und vermutlich hat auch niemand mitgekriegt, wie er meinen Roller zurückgebracht hat. Ich fühle mich hilflos, schutzlos, gelähmt vor Angst. Ich werde eine Ausrede erfinden, ich gehe nicht mehr in die Schule, bis das Jahr zu Ende ist.

Wenn du hier wärst, würdest du mich ins Kreuzverhör nehmen und sämtliche meiner Klassenkameradinnen anrufen, um zu erfahren, was los ist. Wenn du hier wärst, würde ich nicht wie erstarrt unter dieser Decke aus Angst liegen. Verzweifelt und ohnmächtig lasse ich mich zurück in die Kissen fallen.

Claudia kommt. Nach den üblichen Begrüßungen höre ich, wie Nonna die Stimme senkt und ihr etwas sagt, dann nähern sich Schritte. Ein leises Klopfen, und sie tritt ein. Kaum sehe ich sie, breche ich in Tränen aus. Sie setzt sich auf mein Bett und nimmt mich in die Arme. »Du glühst ja«, sagt sie. »Du hast Fieber.« Sie hält mich ganz fest und wiegt mich sanft. Sie fragt nichts, hält mich einfach nur, doch die Angst bleibt trotzdem, die Verzweiflung des gestrigen Abends und all dieser Monate. Nach einer Weile schlafe ich ein, als hätte mein Körper dennoch beschlossen, nichts mehr zu fühlen.

Claudia ist über Silvester geblieben. Sie meinte, ihre Einladung zum Festessen sei ihr egal, und ich habe mich gefreut. Sie hat mir keine Fragen gestellt und nur gesagt, was immer es gebe, sie sei für mich da. Nonna muss ihr gesteckt haben, dass ich mich mit meinen Freundinnen in die Haare gekriegt habe, und sie hat es wohl geglaubt.

Gleich nach Mitternacht hat auch Angela aus den Bergen angerufen: Sie sei dort mit ihren Eltern, dem Vater gehe es nicht gut, deshalb wolle sie sie nicht allein lassen. Aber nächste

Woche käme sie uns besuchen. Als ich Claudia das Handy weitergereicht habe, ist sie außer Hörweite gegangen, und ich wusste, dass sie über mich sprachen.

Als Claudia hier war, habe ich mich besser gefühlt, auch wenn die Angst nicht gewichen ist. Das Fieber ist noch immer hoch, und manchmal fange ich an, unkontrolliert zu zittern. Mein Körper erinnert sich an alles, er will mich aufrütteln, damit ich rede und er sich beschützt und sicher fühlen kann.

Seit gestern Abend habe ich nicht mehr aufs Handy geschaut, als könnte davon irgendeine Bedrohung ausgehen. Claudia hat Nonna bei der Vorbereitung unserer kleinen Dreierparty geholfen. Wir haben alle wenig gegessen, und mit Ach und Krach habe ich mich bis zum Anstoßen um Mitternacht wachgehalten. Ehe ich ins Bett gegangen bin, habe ich Claudia ganz fest umarmt und mich tausendmal bei ihr bedankt.

2. Januar

Heute ist Claudia gefahren, doch sie hat versprochen, bald wiederzukommen, und mir angeboten, sie für ein paar Tage zu besuchen. Ich habe sofort ja gesagt und sie gefragt, wie lange ich bleiben dürfe. Sie meinte, so lange ich wolle. Weil ich sie nicht in Sorge abfahren lassen wollte, habe ich ihr erzählt, ich hätte mit meiner besten Freundin wegen eines Typen gestritten und sei stinkwütend Knall auf Fall von ihrer Party abgerauscht. Zum Glück kamen nur die typisch unbedarften Frauenfragen, ob ich in den Jungen verliebt sei, ob mir diese Freundschaft viel bedeute, und so musste ich nicht in die Details gehen. Es tat mir leid, sie anzulügen, doch ich weiß, dass ich keine andere Wahl habe. Mama hätte mich in die Zange genommen, bis ich ihr alles gesagt hätte, und mich nicht nur vor Giovanni, sondern auch vor mir selbst gerettet.

Das Fieber ist runtergegangen, aber ich bin immer noch schwach und bleibe den ganzen Morgen im Bett. Am Nachmittag weckt mich die Klingel. Ich höre, wie Nonna nachfragt, dann ihre Schritte im Flur. Das Blut gefriert mir in den Adern. Es könnte Sonia sein, oder Giovanni – um was zu wollen? Da erscheint Nonna in der Tür. »Es ist dein Freund Gabriele, ich hab ihm gesagt, er soll raufkommen.«

Stumm und starr wie eine Statue liege ich da. Ich schwanke zwischen Freude und etwas, das einem Schuldgefühl gleichkommt. Nonna geht ihm entgegen. Ich höre Schritte, dann ein zaghaftes Klopfen. Kaum steht er in der Tür und sieht mich an, geht mir auf, wie dumm ich gewesen bin. Ich begrüße ihn mit einem verlegenen Lächeln und hoffe, er merkt trotzdem, wie sehr ich mich freue.

»Ciao«, sagt er verhalten und blickt sich um.

»Ciao«, antworte ich leise und versuche über meine Überraschung hinwegzukommen. »Setz dich.« Ich deute auf den Schreibtischstuhl.

Er schüttelt den Kopf und bleibt reglos mitten im Zimmer stehen. »Ich bin gleich wieder weg. Ich wollte nur hallo sagen.«

»Alessandra, ich bin in der Küche. Wenn ihr was möchtet, sagt Bescheid.« Nonna geht hinaus.

»Setz dich«, sage ich noch einmal und zeige abermals auf den Stuhl.

»Ich hab dir zwei SMS geschickt.« Er kommt gleich auf den Punkt. »Du hast mir nicht geantwortet.« In seiner ruhigen Stimme schwingt ein Hauch von Gereiztheit mit.

»Nein, ich meine, ich hab sie nicht gesehen, ich war krank. Ich hab seit mindestens zwei Tagen nicht mehr auf mein Handy geschaut.« Ich hoffe, er glaubt mir, denn das ist womöglich die einzige Wahrheit, die ich ihm erzählen kann. Dann sage ich: »Ich bin froh, dich zu sehen.«

Er sieht mich wortlos an, wie um zu verstehen, ob ich es ernst meine.

»Du hast mich nicht mehr angerufen«, sagt er knapp und vergräbt die Hände in den Jackentaschen. »Da dachte ich, du bist wohl mit einem deiner Freunde unterwegs.« Diesmal hält er mit seinem Sarkasmus nicht hinterm Berg und sieht mir direkt in die Augen.

»Du mich doch auch nicht, also sind wir quitt«, antworte

ich lahm. Hätte wenigstens einer von uns es getan, wäre ich jetzt nicht in diesem Zustand.

Er sieht mich an, als spürte er, dass ich ihm etwas verschweige, und mein Herz beginnt zu pochen. Fast will ich ihm die Wahrheit erzählen, doch dann wäre er weg und ich würde ihn nie wiedersehen.

»Ich bin nicht mit meinen Freunden unterwegs gewesen. Außerdem dachte ich, das ist dir sowieso egal«, murmele ich, ohne ihn anzusehen, als hätte ich ihm soeben kleinlaut gestanden, was ich für ihn empfinde.

Ein seltsames Schweigen erfüllt das Zimmer. Ich spüre, dass in diesem Moment etwas Bedeutendes zwischen uns geschieht, und es tut mir in der Seele weh, mich dem nicht gänzlich öffnen zu können. Die Angst ist ein leises Gift. Er sieht mich an, als wäge er ab, ob er mir antworten soll. Ob ich es verdiene, ob er mir trauen kann. Eine Weile hört man nur die Geräusche aus der Küche.

»Was hast du Silvester gemacht?«, frage ich, um das mir unerträglich gewordene Schweigen zu brechen.

»Ich hab bei Petrit gefeiert, nichts Dolles.« Er zuckt mit den Schultern. »Ich hatte dir eine Nachricht geschickt, um dich zu fragen, ob du Lust hast vorbeizukommen. Ich wusste nicht, dass du was anderes vorhast.« Er klingt verletzt.

»Ich war zu Hause«, sage ich noch einmal. »Ich war nirgendwo, tut mir leid, wenn du's nicht glaubst.«

Er sieht mich unverwandt an, und es ist offensichtlich, dass er die Geschichte mit dem Handy keine Sekunde geschluckt hat. Jäh bricht das Glück über mir zusammen und begräbt mich unter den Trümmern meines hirnverbrannten Leichtsinns.

»Wenn es mir gut gegangen wäre, wäre ich gekommen. Ich wäre total gerne gekommen, echt«, sage ich in dem verzweifelten Versuch, es wieder gutzumachen.

Er sieht weg, dann wieder zu mir. »Okay.« Er holt tief Luft. »Dann sehen wir uns in der Schule.«

»Ich weiß nicht, ob ich noch komme. Vielleicht hast du recht, es bringt nichts.« Meine Stimme zittert. Ich hoffe, er hat es nicht gemerkt.

»Aber als Maurer hast du keine Chance«, sagt er todernst. Es ist ihm wohl einfach herausgerutscht, denn er scheint kein bisschen zum Scherzen aufgelegt zu sein.

Ich zucke die Achseln. Am liebsten würde ich aus dem Bett springen und ihm um den Hals fallen und ihm sagen, wie blöd und naiv ich war.

»Wie lange musst du noch im Bett bleiben?«

»Ich weiß nicht, vielleicht noch zwei, drei Tage.«

»Dann sehen wir uns in der Schule. Abgemacht.« Er sieht mich eindringlich an, damit ich kapiere, dass er dort sein und auf mich warten wird.

»Okay.« Ich versuche zu lächeln, doch die Tränen steigen mir in die Augen.

Er kommt zum Bett und beugt sich herunter, um mir einen Kuss zu geben. Ich umschlinge seinen Hals, ziehe ihn mit aller Kraft an mich und vergrabe mein Gesicht in seiner Jacke, und plötzlich fange ich wieder an zu zittern. Gabriele hält mich ganz fest und flüstert: »Was hast du?« – »Mir ist kalt. Das ist das Fieber.«

Als er geht, hole ich das Handy aus der Tasche. Es gibt drei Nachrichten, die von Gabriele und eine von Giovanni. Ich lese Gabrieles: in der ersten lädt er mich für Silvester zu Petrit ein, in der zweiten wünscht er mir ein frohes neues Jahr. Dann fasse ich mir ein Herz und lese Giovannis. »Frohes Neues, Muschikätzchen.« Sofort sehe ich wieder sein Gesicht vor mir, höre seine Stimme, die Widerwärtigkeiten, den Zorn. Ich lasse mich zurückfallen und drücke das Gesicht ins Kissen, um das Schluchzen nicht zu hören, das mich jäh überfällt und einfach nicht aufhören will.

9. Januar

Als ich zum ersten Mal wieder in die Schule gehe, nimmt mir die Angst den Atem. Ich bin ganz früh da, setze mich sofort auf meinen Platz, schlage die Bücher auf und tue so, als würde ich etwas nachlesen und meine Notizen ins Reine schreiben. Dann zähle ich, wie viele Tage ich noch in die Schule gehen muss: zu viele, um sich dauernd zu verstecken.

Nach seiner höhnischen SMS hat Giovanni sich nicht mehr gemeldet. Auch Sonia hat mich nach der Szene in der Bar nicht mehr angerufen, doch das ist das kleinere Übel, denn als sie kommt, ist sofort klar, dass sie mir völlig gleichgültig ist, genau wie die anderen. Es stimmt: Wenn man in ernsten Schwierigkeiten steckt, wird der Rest unwichtig. Sonia wirkt noch angespannter als sonst. Sie hat Silvia kaum gegrüßt, und als Ilaria kommt und sich neben sie setzt, sehen sie sich nicht an. Wer weiß, was an dem Abend noch passiert ist und weshalb sie sich gezofft haben. Schön, da fühle ich mich gleich besser, nicht mehr mitten im Auge des Sturms. *Divide et impera.*

Als Gabriele kommt, begrüßen wir uns richtig, und das zum ersten Mal, seit wir zusammensitzen. Ein kräftiges Ciao, das alle hören und das sehr viel weniger Überraschung hervorruft als erwartet. Ein paar drehen sich um und sehen uns an, als wären wir ein Möbelstück oder Fensterglas. Kein Gekicher, kein Geflüster. Nichts. Der Rest des Schultages verläuft ganz nach Plan. Ich schreibe mit, er zeichnet, und ich sehe zu, wie sich seine Hände übers Papier bewegen, seine Finger den Stift halten. Ich bin davon so fasziniert, dass ich ihn am liebsten umarmen würde. Wie zufällig berühre ich sein Bein mit dem Knie und als er innehält und mir unterm Tisch übers Bein streichelt, laufe ich knallrot an. Die Stimme der Lehrerin erreicht mich nur gedämpft, als fände der Unterricht auf dem Flur statt; ich lasse alles sein: zuhören, schreiben, mitdenken. Ich vergesse selbst die Angst, mit der ich in die Schule gekommen bin und wieder nach Hause gehen werde. Ich schließe kurz die Augen und stelle mir vor, wie ich ihm alles erzähle, wie es wäre, wenn ich es wirklich tun könnte. Doch das kann und will ich nicht. Er würde mir nicht glauben und nichts mehr mit mir zu tun haben wollen. Wer könnte ihm das verübeln? Mir ginge es genauso.

In der Pause rühre ich mich nicht vom Fleck, Gabriele geht rauchen und sagt beim Aufstehen kein Wort. Auch in Ordnung, die Geste von vorhin genügt mir. Lachend und redend stehen die Mädchen am Fenster. Nur Sonia und ich sind im Abseits. Heute tut sie mir fast ein bisschen leid. Bestimmt hat sie sich letzten Sommer bei Giovanni nicht so geziert und vielleicht hat es ihr wirklich gefallen, doch mir wird schon beim Gedanken daran übel. Für so einen ist Zärtlichkeit ein Fremdwort. Was Sonia wohl sagen würde, wenn sie es wüsste, sicher würde sie sauer werden und ihn verteidigen. Du hast es doch drauf angelegt, würde sie sagen, und vielleicht hat sie recht.

Als der Unterricht weitergeht, versuche ich mich wieder auf Gabrieles Hände zu konzentrieren, doch diesmal funktioniert der Trick nicht, immer wieder muss ich an nachher denken, wenn ich hier raus muss und womöglich Giovanni über den Weg laufe. Während der Pause habe ich nicht ein Mal zur Tür geschaut; ich habe keine Ahnung, was er vorhat, doch seine

Nachricht verheißt nichts Gutes. Wenn ich an dieses widerliche, demütigende »Muschikätzchen« denke, ist mir klar, dass ihm sein Spieltrieb noch nicht vergangen ist. Ich habe ein Problem.

Als es nach der letzten Stunde klingelt, will ich nur so schnell wie möglich weg und nach Hause. Mit einem hastigen Ciao verabschiede ich mich von Gabriele und renne, ohne eine Antwort abzuwarten, zur Tür. Draußen will ich mir gerade mit zitternden Händen den Helm aufsetzen, da taucht in meinem Augenwinkel ein Schatten auf, und ich drehe mich um. Ich weiß nicht, wieso, doch selbst in meiner Angst habe ich gedacht, es wäre Gabriele. Mein Lächeln erstirbt, als ich Giovanni vor mir sehe.

Sein Gesichtsausdruck ist nicht zu deuten. Er mustert mich ruhig und abwartend. Sein hypnotischer Blick ist unergründlich, starr und wachsam wie bei einem Reptil. Ich schlucke und weiche instinktiv zwei Schritte zurück; meine Lippen verziehen sich zu einem zitternden Lächeln, während mir der Rucksackriemen aus der Hand rutscht. Wieso? Wieso fange ich nicht an zu schreien? Ich bin erschreckend klar und verwirrt zugleich.

»Neulich Abend ist nichts passiert. Du hältst den Mund, verstanden?«, zischt er mir ins Gesicht.

Stumpf nickend glotze ich ihn an und kann nur mühsam die Tränen zurückhalten. Er will gerade noch etwas sagen, als Gabriele hinter ihm auftaucht und den bösen Zauber bricht.

»Gibt's ein Problem?«

Giovanni zuckt zusammen und fährt herum. Gabriele, der mindestens eine Handbreit größer ist als er, mustert ihn kalt von oben herab.

»Was für ein Problem?« In Giovannis Stimme liegt die Dreistigkeit eines Menschen, der seine Angst verbergen will. Er glaubt wohl, es hätte niemand bemerkt, doch als er Gabriele gesehen hat, ist mir das leichte Flattern seiner Lider nicht entgangen.

»Keine Ahnung.« Gabriele starrt ihn unverwandt an. »Deshalb frage ich ja. Denn wenn's ein Problem gibt, können wir drüber reden. Aber nur wir zwei, unter Freunden.« Er betont das letzte Wort.

»Ich hab sie nur gefragt, ob sie Sonia gesehen hat, stimmt's?« Giovanni dreht sich zu mir um, unter seinem drohenden Blick fühle ich mich wie ein Tier in der Falle. Es ist klar, dass er mir die Antwort soeben vorgegeben hat.

Ich nicke und schlucke und überlege fieberhaft, ob Gabrieles Eingreifen alles besser oder schlimmer macht. »Ja, genau, es gibt kein Problem.«

Sie funkeln sich noch einen Moment lang an, dann geht Giovanni grüßend und mit selbstgefälliger Miene davon. »Arschloch«, knurrt Gabriele. Dann dreht er sich zu mir um, zieht ein Päckchen Zigaretten hervor und nimmt eine heraus.

»Was wollte der von dir?«, fragt er eisig.

»Sonia«, antworte ich matt und weiche seinem Blick aus, »er hat mich nach Sonia gefragt.« Ich bücke mich nach dem Rucksack.

Kopfschüttelnd wirft Gabriele die angerauchte Zigarette weg. »Aber klar, natürlich, Sonia«, sagt er mit einem gequälten Grinsen und atmet scharf ein. »Wie du meinst …« Dann geht er davon.

Während ich ihm nachsehe, sind mir zwei Dinge sonnenklar: Erstens, Gabriele ist der Einzige, der mich wirklich beschützen kann, und zweitens, ich kann ihm nichts erzählen. Ich setze den Helm auf und rase verängstigter denn je nach Hause, auch wenn es gut war, Giovanni in die Flucht geschlagen zu sehen.

Am Nachmittag versuche ich mich aufs Lernen zu konzentrieren. Am liebsten würde ich Gabriele anrufen, doch ich verkneife es mir: Um ihm was zu sagen? Um ihn weiter zu belügen? Von ihm noch nicht einmal eine SMS. Was mich umtreibt, ist nicht, dass er auf mich sauer ist, sondern dass er es ist, weil er meint, zwischen Giovanni und mir liefe was und ich verarsche ihn.

Ich greife nach dem Handy und lese die beiden Nachrichten, die er mir zu Silvester geschickt hat, als könnte ich plötzlich etwas herauslesen wie »Du fehlst mir«, irgendetwas, das über »Frohes neues Jahr« und »Kommst du heute Abend zu Petrit?« hinausgeht. Wieso bin ich so blöd gewesen? Wieso?

Kaum ist Nonna einkaufen, gehe ich in das Zimmer meiner Mutter und setze mich auf den grünen Sessel. Lange sitze ich da und starre auf den leeren Platz im Bett.

10. Januar

Heute während der Pause ist Giovanni in die Klasse gekommen. Er hat mit Sonia geredet, doch mir war klar, dass er wegen mir da war. Gabriele war schon draußen beim Rauchen, womöglich hatte Giovanni genau darauf gewartet. Als Sonia ihn gesehen hat, haben ihre Wangen wieder Farbe bekommen, derweil mir das Blut aus jedem Zentimeter meines Körpers gewichen ist. Irgendwann bin ich aufgestanden und rausgegangen, doch auf halben Wege zwischen Klassenzimmer und Toiletten hat er mich eingeholt, beim Arm gepackt und Richtung Hausmeisterbüro am Ende des Flurs gezerrt, möglichst weit weg von der Treppe, damit Gabriele uns bei seiner Rückkehr nicht sehen konnte.

»Wehe, du erzählst es irgendjemandem, verstanden?«, hat er mich angefaucht, während er mich grob gegen die Wand drückte. »Wehe dir! Und außerdem, wer würde dir schon glauben?« Dann hat er mich losgelassen und ist weggegangen.

Es ging alles so schnell, dass ich nur meine Panik spürte. Feuchte Augen und rasender Herzschlag.

Als ich aufblickte, um sicherzugehen, dass er weg ist, ist Gabriele auf der Treppe am Flurende aufgetaucht. Giovanni lief ihm direkt in die Arme, und als sie auf gleicher Höhe waren, hat Gabriele ihn so heftig angerempelt, das Giovanni gegen die Wand geknallt ist. Alle haben es gesehen, und einen Moment lang herrschte auf dem Flur gespenstische Stille. Gabriele ist einfach weiter in meine Richtung gegangen, hat mir einen vernichtenden Blick zugeworfen und ist auf der Toilette verschwunden. Giovanni hat sich nur umgedreht und ihm nachgestarrt. Er hielt sich seine Schulter und funkelte mich an, als hätte er mich am liebsten windelweich geprügelt. Doch stattdessen hat er sich in seine Klasse verzogen. Auch ich bin in die Klasse zurückgerannt, zu meinem Platz gestürzt und habe versucht, meine Angst in den Griff zu kriegen. Als Gabriele hereinkam, haben wir kein Wort gewechselt. Ich spürte, er war außer sich vor Wut, und es war mir unerträglich, dass alles nur meine Schuld war. Als die Lehrerin hereinkam, bin ich zu ihr und habe gesagt, ich fühlte mich nicht wohl und würde gerne nach Hause. »Du bist tatsächlich ein bisschen blass«, hat sie gesagt und mich gehen lassen. Hastig habe ich meine Sachen zusammengerafft und bin, ohne ihn anzusehen, raus.

11. Januar

Heute bin ich zur Schule gefahren, doch im letzten Moment habe ich es mir anders überlegt. Ich habe den Vormittag damit zugebracht, die Prepaid-Karte, die mir Angela und Claudia zu Weihnachten geschenkt haben, bis zum letzten Cent zu verpulvern. Als ich wieder nach Hause kam, habe ich die Tüten in der Garage versteckt und erst geholt, als sich Nonna zum Mittagsschlaf hingelegt hatte. Hätte sie all die Tüten gesehen, hätte sie mich ordentlich in die Zange genommen und ich hätte ihr beichten müssen, dass ich nicht in der Schule war.

Ich habe wunderschönes Zeug gekauft, das ich nie anziehen werde: ein Paar hochhackige Peeptoes, ein hautenges Wolle-Seide-Kleid und einen puderfarbenen Foulard. Ich ziehe alles an und betrachte mich im Spiegel: Ich sehe mindestens zehn Jahre älter aus. Wie eine dieser schicken, eleganten jungen Frauen, denen ich bis vor einem Jahr ähnlich sein wollte. Ich kann noch nicht einmal sagen, ob ich mir gefalle oder nicht. Es ist, als würde ich mich selbst nicht mehr erkennen. Das Kleid geht mir bis knapp über die Knie, und die Schuhe sind so hoch, dass ich beim Gehen mit den Hüften wackeln muss. Für wen habe ich diesen Kram gekauft? Ich stopfe alles wieder in die Tüten und schiebe sie unters Bett, als wären es Sachen für die Altkleidersammlung. Brennende Traurigkeit schnürt mir die Brust zusammen, also überwinde ich meine Angst, gehe ins Schwimmbad und bleibe so lange, bis die Erschöpfung mich aus dem Wasser treibt. Zu Hause schlüpfe ich in den Pyjama und falle ins Bett. Das Letzte, woran ich denke, ehe der Schlaf mich übermannt, ist, dass ich auf der Flucht in einem Käfig lebe.

13. Januar

Nach zwei Tagen bin ich wieder in die Schule gegangen. Gestern früh um acht stand überraschend Angela vor der Tür, und Nonna meinte, es sei wohl nicht schlimm, wenn ich einen Tag schwänzte. Dass ich den Tag davor auch nicht da war, hat sie offenbar nicht mitbekommen. Beim Frühstück in der Bar hat Angela mich gefragt, ob alles in Ordnung sei, und nach einem Bummel durch die Stadt sind wir nach Hause gegangen und haben den ganzen Vormittag mit Nonna geschwatzt. Zum Mittagessen hat sie uns in ein neues Restaurant eingeladen, und nachmittags haben wir beide einen langen Spaziergang am Meer gemacht. Ich habe ihr gesagt, wie froh ich bin, dass sie da ist. Sie hat geantwortet, ich müsse nur einen Ton sagen, und in null Komma nichts sei sie bei mir, und ich könne zu ihr kommen, wann immer ich wolle. Ich habe sie umarmt und mich gleich besser gefühlt. Heute ist sie ganz früh wieder gefahren, meinte aber, in ein paar Tagen sei sie wieder da. Ich hab mich schrecklich gefreut. Jetzt fühle ich mich weniger einsam, weniger traurig. Angela ist vielleicht nicht ganz so einnehmend wie Claudia, weil sie schüchterner ist, aber dafür unglaublich umsichtig, was mir fast noch ein bisschen lieber ist: Sie könnte eine Uhr bis aufs letzte Schräubchen auseinandernehmen und fehlerlos wieder zusammensetzen. Das ist beruhigend, vor allem jetzt.

Dafür ist Gabriele heute nicht da, und ich habe sofort Paranoia gekriegt, dass er von mir nichts mehr wissen will. Auch ich habe mich nicht mehr gemeldet, mir fehlte der Mut.

Während die Italienischlehrerin vom Abi redet und davon, wie die schriftliche Arbeit auszusehen hat, ist das Einzige, was mich erreicht, diese dumpfe Einsamkeit, die noch tiefer sitzt als die Angst und mich vollkommen niederdrückt. In der Pause laufe ich auf dem Flur Giovanni über den Weg, doch zu meinem großen Erstaunen guckt er mich nicht einmal an. Ich drehe mich um, um sicherzugehen, dass nicht Gabriele oder irgendein Lehrer hinter mir steht. Während des Unterrichts kann ich an nichts anderes denken: Ob er wohl endgültig beschlossen hat, mich in Ruhe zu lassen? Ich bin dermaßen erleichtert, dass ich fast so etwas wie Glück empfinde, und mir steigen die Tränen in die Augen.

Auf dem Weg aus der Schule passiert das Gleiche. Ich gehe die Treppe hinunter und da ist er. Keine Reaktion, als gäbe es mich nicht. Als würde er mich gar nicht kennen und hätte mich noch nie gesehen. Mir rutscht das Herz in die Knie: Vielleicht will er mich irgendwo allein abpassen?

Auf dem Weg nach Hause schießen mir die wildesten Gedanken durch den Kopf und ich sehe mich bereits in irgendeiner Grube liegen. Im Geiste lasse ich sämtliche durch die Medien gegangene Verbrechen der letzten Zeit Revue passieren, deren Opfer allzu gutgläubige Mädchen waren.

21. Januar

Ohne weitere Überraschungen und Drohungen ging die Woche dahin; auch ohne Gabriele. Seit vier Tagen habe ich ihn nicht gesehen. Er fehlt mir wie noch nie, und ich will ihn sehen, aber nicht so, nicht mit diesem Geheimnis zwischen uns, nicht ohne alles klären zu können.

In der Klasse macht sich langsam Abi-Stimmung breit und es wird nur noch darüber geredet, was man danach macht, wo man hin will oder wie man die Abschlussarbeit angeht. Viele haben bereits angefangen, für die Zulassung zu irgendeinem Studium zu büffeln, doch ich habe noch immer nichts entschieden. Mir kommt es vor, als wäre mein Leben stehengeblieben und wollte nicht weitergehen.

Während ich alle meine Sachen auf dem Tisch ausbreite, überkommt mich plötzlich das entsetzliche Gefühl, dass ich Gabriele nie mehr wiedersehen werde, dass ich all meine Chancen verspielt und etwas Bedeutendes verloren habe. Keiner der Lehrer fragt nach ihm, nicht einmal Greci, was mich noch mehr beunruhigt. Es ist, als wäre er tatsächlich verschwunden. Ich denke an unsere gemeinsamen Momente zurück, und sie erscheinen mir allesamt wunderschön. Auf dem Nachhauseweg fahre ich bei Petrit vorbei, halte aber nicht an, sondern schlage den Weg zum Meer ein.

24. Januar

Heute dürfen wir früher gehen, weil unsere Mathelehrerin krank ist. Es ist ein schöner, sonniger Tag, und ich fahre ans Meer. Am Strand sind ein paar Spaziergänger, also beschließe ich, auch ein paar Schritte zu machen. Ich stelle den Roller da ab, wo ich ihn geparkt habe, als ich mit Gabriele hier war, und gehe zum Strand hinunter.

Es ist angenehm, wenngleich die Luft noch ein bisschen frisch ist. Doch der Himmel ist blau. Blau wie an jenem Tag.

Abschied

Als du letztes Jahr zur Routineuntersuchung im Krankenhaus warst, ging es dir plötzlich schlecht und sie haben dich dortbehalten. Der zuständige Arzt meinte, er sei überzeugt, du würdest es nicht schaffen, die Situation sei äußerst kritisch. Zwei Tage vergingen, und wie durch ein Wunder – so der Arzt – erholtest du dich wieder.

Als ich dich sonntags besuchen kam, saßt du draußen auf einer Bank im Krankenhausgarten. Du trugst einen hellblauen Morgenmantel, und dein von der Krankheit gezeichnetes Gesicht sah weniger abgehärmt aus als sonst. Als ich kam, wolltest du ein paar Schritte mit mir gehen. Es war Frühling, die Luft war lau, und der Garten stand voller Blumen. Schweigend spazierten wir nebeneinanderher, als die geballte Angst, dich zu verlieren, jäh über mich hereinbrach und ich dich wie ein schüchterner Verehrer, der sich ein Herz gefasst hat, plötzlich in die Arme schloss. Ich weiß nicht, wie lange wir so dastanden, neben dem Beet, in der Sonne jenes Aprilnachmittags.

Als die Besuchszeit um war, wolltest du mich zum Ausgang bringen, und auf dem Weg die Zufahrt hinunter drehte ich mich um und du standest noch immer da und sahst mir nach. Als du die Hand hobst, um mir nachzuwinken, musste ich mich beherrschen, nicht zu dir zurückzurennen. Ich habe zurückgewinkt und bin wie ein Roboter weitergegangen, während die Tränen mir übers Gesicht strömten.

Es ist, als hätten wir an jenem Tag voneinander Abschied genommen, einfach so, ganz für uns, allen Blicken entzogen. Ein Liebesabschied in der Leichtigkeit des Frühlings.

Noch immer 24. Januar

Ich wandere vor mich hin, den Blick aufs Meer gerichtet. Da höre ich jemanden von hinten näher kommen, und mein Herz setzt einen Schlag aus. Ich fahre herum. Vor mir steht Gabriele, eine erloschene Zigarette zwischen den Fingern, die Winterjacke über der Schulter. Meine Angst verfliegt. Ich lasse die Luft aus den Lungen und grüße ihn mit dem letzten Atemhauch.

»So sieht man sich wieder. Ich dachte schon, du wärst für immer verschwunden.« Ich lächle.

»Ich hatte zu tun. Nicht der Rede wert«, sagt er, die Augen im Sonnenlicht zusammengekniffen.

»Bist du gerade gekommen?« Fragend blicke ich mich nach einer möglichen Begleitung um.

»Ja, ich bin ein bisschen herumgefahren und habe deinen Roller gesehen. Ich hab dir 'ne SMS geschickt, aber offenbar bist du heute auch krank«, sagt er mit einem schmalen Lächeln.

Ich greife in meine Jackentaschen, doch das Handy ist nicht da. Ich werfe den Rucksack zu Boden und wühle darin herum, bis es zum Vorschein kommt.

»Entschuldige, ich hab's reingeschmissen, als ich mir den Helm aufgesetzt habe, und dann habe ich nicht mehr draufgeguckt. Aber du hast mich ja gefunden.«

»Ich habe dich gefunden.« Er fängt an, mir mit den Füßen Sand auf die Schuhe zu schippen.

»Lass das, ich krieg den ganzen Sand in die Schuhe.« Lachend weiche ich ein paar Schritte zurück.

»Dann schüttelst du ihn eben wieder raus, wo ist das Problem?« Er sagt es ganz ernst, ich weiß nicht, ob er Spaß macht oder nicht. Ich höre auf zu lachen und weiche immer weiter zurück, doch er folgt mir und schippt mir unermüdlich Sand auf die Schuhe. Sein Gesichtsausdruck ist schwer zu deuten, und ich weiß nicht mehr, was ich sagen soll. Als ich stehen bleibe, geht er einfach weiter, bis wir ganz dicht voreinander stehen. Ausdruckslos sieht er mich an, ohne ein Wort zu sagen.

»Wollen wir uns ein bisschen setzen?«, schlage ich vor und hoffe, dass er nicht noch immer sauer auf mich ist.

Wortlos wirft er die Jacke auf den Boden und setzt sich, ich setze mich neben ihn. Ich sehe uns dasitzen, Seite an Seite, vor uns das Meer. Hin und wieder betrachte ich sein Profil, während er eine Zigarette raucht. Es ist alles so schön, dass die Angst ganz allmählich nachlässt und ich an diesem endlos erscheinenden Strand den Mut finde, ihm alles zu sagen. Ganz leise und zögernd fange ich an, doch dann erzähle ich in einem Zug, ohne ihn anzusehen. Es folgt eine unwirkliche Stille. Ich weiß nicht, wie ich mich fühle und ob das, was ich getan habe, richtig oder falsch war. Jetzt ist es passiert, es ist sinnlos, sich das zu fragen. Gabriele steht auf, streift sich den Sand von der Hose und sieht mich kopfschüttelnd an. Dann dreht er sich um und stürmt mit langen, schnellen Schritten zur Straße hinauf. Ich sehe ihm nach und verspüre einen Kloß im Hals, der sich beim besten Willen nicht herunterschlucken lässt. Dann bleibt er plötzlich stehen, dreht sich um und kehrt mit ebenso langen, aggressiven Schritten zurück.

Als wir uns wieder gegenüberstehen, schleudert er seine Jacke zu Boden und starrt mich aufgebracht an.

»Wieso?«, brüllt er mir ins Gesicht. »Wieso bist du mit ihm ausgegangen? Du hast mit ihm geschlafen, stimmt's?«

»Nein, ich hab dir die Wahrheit gesagt, du musst mir glauben. Wenn es so wäre, hätte ich's dir doch nicht erzählt!«

Seine Arme hängen hilflos herab, und in seinem Blick spiegeln sich Zorn und Verzweiflung.

»Wenn es so war, wie du sagst, weshalb hast du ihn nicht angezeigt?«, fragt er, als würde er laut denken.

»Es wäre mein Wort gegen seines gewesen. Wer hätte mir denn geglaubt?« Ich breite die Arme aus. »Schau, noch nicht mal du glaubst mir. Und außerdem hatte ich Angst und wusste nicht, wem ich es sagen sollte.«

»Wieso bist du mit ihm ausgegangen?«, fragt er wieder, plötzlich ganz ruhig.

»Du hattest mich nicht angerufen, und ich fühlte mich einsam«, sage ich unsicher. »Er ist bei mir vorbeigekommen, und ich dachte, es ist nichts dabei, wenn … wenn ich mich mit ihm verabrede.« Ich sehe ihm in die Augen und begreife, dass er mir niemals verzeihen wird und dass es ein entsetzlicher Fehler war, ihm alles zu erzählen. »Ich hab es dir erzählt, weil ich dich nicht anlügen wollte«, sage ich und hoffe inständig, dass er mir glaubt. »Du bedeutest mir was.« Meine Stimme schwankt, denn ich weiß, wie lächerlich das jetzt klingen muss.

»Aber klar doch, das habe ich gemerkt. Wofür hältst du mich eigentlich, für einen Volltrottel?«

»Ich habe dir die Wahrheit gesagt, mit Giovanni war nichts, hast du verstanden?«, brülle ich unter Tränen, die ich nicht mehr zurückhalten kann.

»Erzähl mir keinen Scheiß«, brüllt er zurück, außer sich vor Wut. »Erzähl mir keinen Scheiß.« Er kommt noch näher.

»Wieso hätte er mich sonst bedrohen sollen? Du hast es doch gesehen, als wir vor der Schule standen.«

»Einen Scheiß hab ich gesehen, ich hab nur gesehen, dass ihr miteinander geredet habt.«

»Das stimmt nicht, du hast gesehen, dass ich Angst hatte. Du willst es nur nicht zugeben.«

»Ich hab gesehen, dass du mich verarschen willst, das hab ich gesehen. Von Anfang an, seit du dich an meinen Tisch gesetzt hast. Stimmt's?«

»Das stimmt nicht, ich hab mich nicht zu dir gesetzt, um dich zu verarschen.«

»Und wieso dann? Lass mal hören.«

Ich zögere einen Moment, doch dann fasse ich mir ein Herz. Es hat keinen Sinn mehr zu lügen. »Weil ich nach dem Tod meiner Mutter einen Groll auf alle hatte, und die beste Art, das zu zeigen, war, mich neben dich zu setzen. Ich wollte dich gar nicht kennenlernen, du warst mir völlig schnuppe. Es war die einfachste Methode, mir die anderen vom Leib zu halten und mir selbst zu beweisen, dass nichts mehr so sein würde wie früher. Doch jetzt ist es anders. Inzwischen kennen wir uns ein bisschen …« Ich komme mir total blöd vor mit meiner unfreiwilligen Kleinmädchenstimme, außerdem ist sowieso nichts mehr zu retten.

»Ganz genau, du hast recht«, sagt er wütend, »jetzt kenne ich dich, leck mich am Arsch und geh wieder zu deinem Freund. Ihr seid das perfekte Paar.«

»Ich habe einen Fehler gemacht, aber ich bin nicht mit ihm ins Bett gegangen. Wenn du das glaubst, irrst du dich gewaltig. Wie gesagt, es war ein Fehler und ich komme mir vor wie der letzte Trottel, aber in dem Moment habe ich daran nichts Schlimmes gefunden. Es war mir einfach nicht klar. Ich musste einfach mal raus und dachte, du hättest eh nicht viel für mich übrig. Aber als du dann bei mir vorbeigekommen bist, habe ich begriffen, dass ich mich geirrt habe.«

»Also ist es jetzt meine Schuld, ja? Weil ich dich nicht anrufe, machst du mit einem anderen rum! Weißt du, was dein Problem ist?«, sagt er verächtlich. »Mal willst du mit mir zusammen sein, und dann willst du wieder allein sein und in Ruhe gelassen werden, aber wenn was ist, muss dich der erstbeste Arsch retten, habe ich recht?« Er bückt sich nach seiner Jacke und sieht mich an. »Mit dir bin ich fertig.« Dann geht er weg.

»Fertig? Wie denn das?«, brülle ich ihm wutentbrannt nach. »Wir haben doch gar nicht angefangen!« Er bleibt nicht stehen, geht einfach weiter, dreht sich nicht einmal um. Ich ertrage es nicht, ihn einfach davongehen zu sehen, und renne ihm nach. »Wo gehst du hin? Bleib doch mal stehen«, flehe ich und halte ihn am Arm fest.

Er reißt sich los. »Mit dir bin ich fertig.«

Plötzlich packt mich blinder, ätzender Zorn. »Und wieso bist du mir dann nachgelaufen?«, schreie ich hinter ihm her. »Du kannst auch nur den harten Mann markieren, oder? Und weißt du, wieso? Weil du einen Sack voll beschissener Probleme hast.« Ich drehe das Messer in der Wunde. »Du hast deine Mutter mit diesem Drecksack im Stich gelassen, weil du nicht den Mumm hast, dich deinen Problemen zu stellen. Weglaufen ist ja auch viel einfacher, nicht wahr?«

Ich habe den Satz noch nicht beendet, da ist er schon bei

mir. Er packt mich bei den Armen und schlägt seine Stirn gegen meine.

»Es tut mir leid, dass deine Mutter gestorben ist«, presst er mit mühsam unterdrücktem Zorn hervor und umklammert dabei meine Arme so fest, dass es wehtut, »aber mein Leben geht dich nichts an. Ist das klar? Du weißt einen Scheißdreck von mir, einen Scheißdreck!«

Weinend schließe ich die Augen und nicke. »Lass mich los, bitte, du tust mir weh«, wispere ich.

Er lässt von mir ab. Schluchzend falle ich auf die Knie. »Du bist kein bisschen besser als dieses Arschloch«, sage ich leise, »geh, geh weg.«

Fluchend beugt er sich zu mir herunter, um mir aufzuhelfen.

Ich stoße ihn zurück und rappele mich hoch.

»Geh weg«, sage ich noch einmal. »Was immer zwischen uns gewesen ist, jetzt ist es endgültig vorbei. Ich will dich auch nicht wiedersehen.« Ich versuche mich zu fassen und mache mich auf den Weg zur Straße. Er bleibt allein zurück.

Nicht ein einziges Mal drehe ich mich nach ihm um. Es ist mir egal, ob ich ihn wiedersehe. Jetzt will ich nur nach Hause und an nichts mehr denken.

Zwei Regenbögen

Eines Nachmittags, ich saß gerade in meinem Zimmer und lernte, bist du hereingekommen und hast gesagt, draußen seien zwei Regenbögen. Ich bin aufgestanden, zum Fenster gegangen, habe die Gardine zur Seite geschoben, und da hoben sich zwei leuchtende Regenbogen klar vom Himmel ab. Bis vor wenigen Augenblicken hatte es heftig geregnet, und es war kaum zu fassen, dass plötzlich die Sonne schien.

»Die enden im Meer, lass uns hinfahren und nachsehen«, hast du lächelnd gesagt, und wir sind ins Auto gestiegen und ans Meer gefahren. Wir waren glücklich, uns war, als würden wir etwas zugleich Zauberhaftes und Kindisches tun, doch zum ersten Mal schien deine Krankheit beide Augen zuzudrücken.

An jenem Tag mit dir habe ich den Goldtopf gefunden, versteckt in deinen Augen, die unermüdlich lachten, während du hinterm Steuer saßt und zu allem eine Bemerkung machtest, denn alles war es wert, beachtet zu werden: Der Typ, der mit seinem Hund an der Leine über die Straße ging; die Damen, die an der Ampel standen; der Mann im Jaguar, der neben uns hielt. Heißhungrig saugtest du das Leben in dich auf, nicht das winzigste Krümelchen sollte dir entgehen.

Ich war glücklich, und einen Moment lang glaubte ich, es könnte noch ein Wunder geschehen: Du endlich genesen, ich mit deiner Liebe.

Diese Erinnerung ist die mächtigste Zauberformel, die ich kenne: Du wirst zu Erde und mein Herz zu Glas.

25. Januar

Heute in der Schule war es, als wäre ich tatsächlich unsichtbar geworden. Ich habe mit niemandem geredet und niemand hat mich angesprochen. Als Gabriele gekommen ist, habe ich noch nicht mal vom Tisch aufgesehen und so getan, als wäre er gar nicht da. Es war wie am Anfang, als er Zero und ich noch Zeta war. Unglaublich, wie das Ende der Dinge stets dem Anfang gleicht. Es ist, als wäre zwischen uns nie etwas gewesen. Wenn ich an die Male denke, die wir zusammen gewesen sind, kommt es mir wie eine Geschichte vor, die außer mir niemand kennt, als hätte ich sie erfunden. Wenn ich sie erzählen sollte, wüsste ich nicht, wie, und wenn ich sie nicht erzählen kann, habe ich sie vielleicht nur geträumt.

Auf dem Weg zum Roller habe ich Gabrieles Mutter zwischen zwei parkenden Autos auf der anderen Straßenseite stehen sehen. Suchend blickte sie hierhin und dorthin, um ihn in der Menge herausströmender Schüler auszumachen. Instinktiv bin ich zu ihr hingegangen, und als sie mich erkannte, hat sie gelächelt.

Sie hat mich gefragt, ob ich ihn gesehen hätte und ob es ihm gut gehe und er jeden Tag in die Schule komme. Ich habe ja gesagt und gemeint, dieses Jahr würde er das Abi bestimmt schaffen. Sie hat mich erfreut angelächelt, mir eine Hand auf den Arm gelegt und sich bedankt. Ich war froh, sie lächeln zu sehen, und habe überlegt, was ich ihr sonst noch Nettes sagen könnte. Ich weiß nicht, was mich dazu drängte, es war nicht

Freundlichkeit, sondern ein inneres Bedürfnis, als würde ich mich weniger unglücklich fühlen, wenn ich sie glücklich machte.

Obwohl es nicht kalt war, hatte sie sich die schwarze Daunenjacke fest um die Schultern gezogen, während sie den Blick unablässig von einer Seite der Schule zur anderen wandern ließ, dabei war Gabriele sicher schon längst nicht mehr da. Plötzlich hat sie mir abermals die Hand auf den Arm gelegt und gesagt, sie müsse gehen, wenn ich Gabriele sehe, sollte ich ihn von ihr grüßen. Ich habe genickt, doch richtig beruhigt sah sie nicht aus. Wenn sie gekonnt hätte, hätte sie noch tagelang dort gestanden und auf ihn gewartet. Jetzt verstehe ich dieses Band aus Blut, Liebe und Sorge. Als sie ging, hat sie mir unendlich leidgetan. Verzweifelt musste ich daran denken, was ich gestern am Strand zu Gabriele gesagt hatte.

Giovanni habe ich auch heute nicht gesehen. Ich bin noch immer nicht ganz beruhigt, aber solange ich ihn nicht sehe, kann ich damit leben. Ich hätte ihn anzeigen sollen. Jetzt ist es zu spät, und außerdem stünde nach wie vor sein Wort gegen meins. Jemand könnte behaupten, ich wollte nach dem Tod meiner Mutter nur Aufmerksamkeit erregen, was ohne Zeugen und Beweise recht plausibel klänge. Jedes Mal, wenn ich wieder daran denke, steigt blinde Wut in mir auf, ein Ohnmachtsgefühl, das kaum zu ertragen ist.

In ein paar Tagen fahre ich zu Angela und Claudia. Eine Woche lang bin ich weg. Ich kann es kaum erwarten. In der Schule habe ich es nur Greci gesagt, der gemeint hat, ein wenig Luftveränderung könne mir nicht schaden, er wisse, wie schwer es für mich sei. Ohne meine Mutter, meinte er damit. Und dann hat er gesagt: »Ich kann es immer noch nicht glauben.« Wir haben uns angesehen, und ich habe mit Tränen in den Augen gelächelt. Ehe ich irgendetwas herausbringen konnte, bin ich gegangen, doch es hat mich gefreut, dass jemand mit mir über sie gesprochen hat. Ich wünschte, es würde öfter passieren.

26. Januar

Heute redet die Klasse über nichts anderes. Als ich hereinkomme, verstummen Sonia, Ilaria und Silvia, und Sonia macht eine Handbewegung, die so viel heißt wie, darüber reden wir später. Ich sitze noch nicht ganz, da kommt Pietro zu mir. »Hast du gehört?«, sagt er und deutet mit dem Kinn auf den leeren Platz neben mir. »Was denn?«, frage ich ihn gleichgültig. »Gestern auf dem Weg nach draußen hat Giovanni Zero die Treppe runtergeschubst.« – »Was?«, frage ich entsetzt. Ilaria und Sonia sehen zu mir herüber, aber ich tue so, als merkte ich es nicht. »So ist es. Aber Zero ist noch nicht mal gestolpert und stinksauer geworden. Zuerst hat er ihn gegen die Wand geschleudert, und dann hat er ihm eine fette Kopfnuss verpasst.« Er kichert dämlich. Armer Irrer, denke ich, blöd und sadistisch obendrein. »Und dann?« Ich versuche, mir meine Unruhe nicht anmerken zu lassen. »Nichts dann. Zero hat ihn in die Ecke gedrängt und ihm was gesagt, dann ist er weg.« Er muss immer noch lachen. »Giovanni hat sich vielleicht in die Hosen gemacht.« Verstohlen sieht er zu Sonia hinüber, die uns immer noch beobachtet. »Er dachte, der würde draußen auf ihn warten. Dieser arrogante Schwachmat. Der ist auf sein Motorrad gesprungen, als sei der Teufel hinter ihm her.« Er feixt. »Und wieso hat Giovanni ihn geschubst?«, frage ich. »Pff. Die Leute, die hinter ihnen waren, meinten, Zero sei auf dem Weg nach unten zu ihm hin und hätte ihm was gesagt. Dann ist das Geschubse losgegangen.« – »Und was hat er ihm gesagt?« –

»Was weiß ich. Aber geil! Pass bloß auf, dass du Hulk nicht in die Quere kommst.« – »Wenn er kommt, frage ich ihn vielleicht«, sage ich ernst. »Bist du irre?« Pietro reißt die Augen auf. »Der macht dich kalt.« Er feixt wieder. »Also denn«, sagt er, zufrieden, seine Informantenpflicht erfüllt zu haben, »ich gehe auf meinen Platz zurück. Gestern habe ich keinen Strich gelernt, wenn die Mathetante mich aufruft, sitze ich nächstes Jahr auf Zeros Platz.« Ich tue so, als wäre ich damit beschäftigt, meine Bücher aus dem Rucksack zu holen, aber ich kann nur an das denken, was Pietro gerade geschildert hat. Jetzt weiß Giovanni mit Sicherheit, dass ich es Gabriele erzählt habe, wieso sollte er sonst so reagieren? Wenn Giovanni wirklich Schiss gekriegt hat, dann hoffentlich ordentlich, sonst bin ich geliefert. Ich atme tief durch und weiß nicht, ob ich froh sein soll oder neuer Ärger im Anzug ist. Es bedeutet aber auch, dass Gabriele mir geglaubt hat. Ich kann einfach nicht geradeaus denken und warte nur darauf, dass er kommt und ich ihn fragen kann. Ich schaue auf die Uhr und warte. Zwanzig nach acht, jetzt kommt er nicht mehr.

In der Pause schicke ich ihm eine SMS. Nach der letzten Stunde noch immer keine Antwort. Ich stürze hinaus und rufe ihn an. Ich presse das Handy ans Ohr: Der Teilnehmer ist nicht erreichbar. Verzweifelt stehe ich da und sehe mich um.

Wo bist du bloß?

Ich bin hier.

27. Januar

Claudias Wohnung liegt in einem alten Palazzo im Stadtzentrum. Eine schier endlose Zimmerflucht entlang eines breiten Flurs. Ihr Mann hat sie ihr überlassen, der geniale Physiker oder Mathematiker, ich weiß es nicht mehr. Das liebe ich am meisten an Claudia: Egal wie sehr sie die Leute auf die Palme bringt, sie schafft es immer, sich verzeihen zu lassen. Meine Mutter lachte, wenn sie ihr den Nachklapp ihrer Liebesgeschichten erzählte, und genau deshalb erzählte Claudia sie ihr, weil Mama sie mit Humor zu nehmen wusste. Angela hingegen war manchmal allzu streng, weshalb Claudia ihr lieber nicht alles erzählte.

Mein Zimmer ist wunderschön: ein riesiges Bett mit dunkelrot und petrolfarben geblümtem Bettzeug, dazu passende Vorhänge und ein Schreibtisch, der ungefähr zehnmal so alt ist wie ich. Und erst der Boden: dunkle, schimmernde Holzdielen, auf denen man am liebsten barfuß laufen oder sich ausstrecken möchte. Im Wohnzimmer stehen ein langer Tisch, an dem zwanzig Personen Platz haben, und ein dunkelgrünes Sofa, das bestimmt eine Menge gekostet hat. Doch das Schönste ist der riesige Kamin, vor den Claudia ein mit rosa Samt bezogenes Kanapee und einen kleinen Kirschholztisch gestellt hat. An den Wänden Dutzende Bilder, die ein Vermögen wert sein müssen, und ein paar alte Familienfotos. Wer weiß, wieso ein Mann eine solche Wohnung einer Frau überlässt, die ihn gleich nach der Hochzeit abserviert hat.

»War er so unerträglich?«, frage ich.

»Du machst dir keine Vorstellung.« Sie verdreht die Augen. »Denk nur, er wollte mir Bridge beibringen.« Sie prustet los. »Wie findest du das?«

»Wie alt war der denn?«, frage ich ungläubig.

»Dem Geburtsdatum nach nicht so alt, aber dem Kopf nach hätte er prima ins frühe neunzehnte Jahrhundert gepasst. Schau dich um und sag mir, ob du ein Möbelstück siehst, das jünger als hundert Jahre ist.«

Ich muss lachen.

»Stell dir vor, jeden Sonntagmorgen sind wir joggen gegangen. Immer um Punkt acht. Wir sahen aus wie das Präsidentenpaar. O Gott, wie lächerlich.« Sie streicht sich das Haar aus dem makellosen Gesicht. »Aber diese Wohnung ist himmlisch, und stell dir vor, er hat sie nur gehasst, weil sie dem Vater gehörte.« Sie verzieht abschätzig den Mund.

»Und wieso?«

»Weil der die Mutter mit sämtlichen schönen Frauen betrog, die ihm über den Weg liefen, und nie zu Hause war – das Übliche eben.« Sie bläst sich ein paar Ponysträhnen aus der Stirn.

»Arbeitest du wieder?«, frage ich, um das Thema zu wechseln.

»Gerade nicht, aber ein Freund hat mich gefragt, ob ich ihm in seiner Buchhandlung zur Hand gehen will. Das macht bestimmt Spaß, und außerdem lernt man eine Menge Leute kennen.« Sie sieht mich an. »Kannst du dir mich als Buchhändlerin vorstellen?« Sie lacht und ich muss mitlachen. Sie wirft mir ein jahrhundertealtes Kissen an den Kopf. »Hey, sehe ich etwa nicht aus wie eine Intellektuelle?«

So vergeht die Zeit bis zum Mittagessen, wir plaudern und albern herum, und ich habe das Gefühl, als wäre ich mit einer Gleichaltrigen zusammen und nicht mit einer Erwachsenen. Jetzt verstehe ich noch besser, wieso meine Mutter immer froh war, sie zu sehen. Claudia bringt einen zum Lachen, mit ihr fühlt man sich unbeschwert, alles erscheint möglich, und die Probleme verschwinden.

Wir fläzen auf den ehrwürdigen Sofas und reden über alles Mögliche, nur nicht über dich.

Nach dem Mittagessen legt Claudia sich ein wenig hin. Angela kommt erst am Nachmittag, und für den Shoppingmarathon, der uns erwartet, will sie in Form sein.

»Heute musst du dir einen Haufen Sachen kaufen«, sagt sie. »Du bist ein verdammt hübsches Mädel. Das weißt du, oder?« Und als würde ihr der Schwachsinn von dem umkämpften Jungen erst jetzt wieder einfallen, fragt sie: »Übrigens, wie ist es eigentlich mit diesem Typen ausgegangen, wegen dem du so sauer warst?«

»Gar nicht. Der weiß nicht, was er will.«

»Dann vergiss ihn«, sagt sie in routiniertem Ton. »Das lohnt sich nicht.« Sie steht auf, kommt zu mir herüber und gibt mir einen Kuss. »Bis später. Sieh ruhig fern, wenn du möchtest. Du kannst machen, was du willst«, sagt sie fürsorglich, ehe sie in ihrem Zimmer verschwindet.

Ich strecke mich auf dem Sofa aus, schalte den Fernseher ein und schlafe wohl ein, denn als ich die Augen wieder öffne, steht die lächelnde Angela vor mir, die ich nicht habe kommen hören.

Ich hatte keine Ahnung, was Claudia mit Shoppingmarathon meinte, bis wir losgegangen sind. Angela riet mir, bequeme Schuhe und praktische Kleidung anzuziehen. Jetzt weiß ich, warum.

Ich glaube, wir waren in mindestens zwanzig Läden und ich habe die kompletten Winterkollektionen von Dutzenden Modedesignern anprobiert. Am Ende bin ich total erschossen und mit zahllosen Tüten behängt. Nur ein Parfum habe ich selbst bezahlt. Alles andere sind Geschenke von Angela und Claudia. Angela hat die ganze Zeit mit Claudia herumgefrotzelt oder vor den Läden gestanden und geschäftliche Telefonate geführt. Ich habe versucht, mir dich an meiner Stelle vorzustellen und mich gefragt, ob Claudia und Angela wohl auch an dich dachten, wenn sie mich ansahen.

Zum Abendessen sind wir in ein wunderschönes Restaurant bei Claudia um die Ecke gegangen, so eines, wo der Kellner sofort mit der Weinflasche herbeieilt, sobald man sein Glas leergetrunken hat. Beim Essen haben wir wieder über alles Mögliche geredet, nur nicht von dir, nicht einmal ansatzweise. Dann sind wir nach Hause gegangen und Claudia hat uns ihren berühmten Mandarinenpunsch kredenzt.

Während wir schweigend vor dem flackernden Kamin saßen, habe ich dich hereinkommen sehen.

Du hast dich zu uns gesetzt und gewartet. Du warst nicht traurig, aber dein Blick schien zu sagen: Und ich? Habt ihr mich schon vergessen?

Claudia hat als Erste angefangen, von dir zu sprechen, und da hast du mich angesehen und gelächelt.

Claudia und Angela kannten dich, wie ich dich nie mehr kennenlernen werde. Sie haben von dir gesprochen, als gäbe ihnen das Zusammensein mit mir das Gefühl, du wärst noch da. Sie haben mir erzählt, wie du einmal in einen Laden gegangen bist, um einen Dufflecoat zu kaufen, und dann hat Claudia angefangen, so viele Klamotten anzuprobieren, dass du darüber vergessen hast, den Dufflecoat wieder auszuziehen. Als ihr aus dem Laden gekommen seid, hattest du ihn noch immer an, während dein alter Parka dortgeblieben war. Keiner hatte etwas gemerkt, und du wusstest nicht, was du machen solltest. Eine Stunde lang habt ihr euch im Park gegenüber herumgedrückt und überlegt, ob ihr ihn zurückgeben solltet oder nicht. Als du ihn schließlich zurückbrachtest, haben die Ladeninhaber deine Ehrlichkeit mit einem so großzügigen Preisnachlass belohnt, dass es ein Verbrechen gewesen wäre, ihn nicht zu kaufen. Dein Dufflecoat. Deshalb mochtest du ihn so: Er hatte eine Geschichte.

Und dann die Geschichte, als du mit Edding »Arschloch« auf sämtliche Autoscheiben deines Philosophieprofs geschrieben hast, weil er dich durch die Prüfung hatte rasseln lassen. Doch dann hast du gemerkt, dass es gar nicht sein Auto war, sondern das des örtlichen Carabinieri-Hauptmannes. Unter großem Gelächter hatten Claudia und Angela dich wegzerren müssen, weil du dich unbedingt stellen wolltest. Am nächsten Tag hast du eine Entschuldigung unter den Scheibenwischer geklemmt.

Wir reden, und du bist heiter.

Jetzt habe ich begriffen: es stimmt nicht, dass Tote nichts mehr brauchen. Das Schrecklichste ist nicht, einen geliebten Menschen zu verlieren, sondern nicht mehr von ihm zu sprechen.

Heute Abend bin ich auch heiter. Alles, was mir seit dem Beginn meines Lebens ohne dich passiert ist, erscheint mir jetzt wie etwas, das nichts mit mir zu tun hat, nicht zu mir gehört, zumindest nicht so, wie es sollte.

Und Gabriele?

Einen Moment lang sehe ich ihn allein am Tisch sitzen, der zusammengeschrumpft zu sein scheint. Er zeichnet und zeichnet, und ich gehe zu ihm und betrachte die Zeichnung, auf der wir beide in einer weißen Landschaft zu sehen sind, in der sonst nichts ist. Na also, denke ich lächelnd, das ist Zerolandia.

Aus Gabrieles Mund kommt eine Sprechblase wie in einem Comic:

»Wo bist du bloß?«

Ich bin hier.

2. Februar

Heute hat Greci mich im Flur abgepasst und mir gesagt, er wolle mit mir reden. Wir sind zum Lehrerzimmer gegangen und davor stehen geblieben. »Wusstest du das?«, fragt er mich rundheraus, zieht ein Stück Papier aus der Tasche und wedelt mir damit vor der Nase herum. »Was denn?« – »Von Gabriele, das wusstest du nicht?« Fragend wandert mein Blick zwischen ihm und dem Zettel hin und her. »Gabriele Righi«, sagt er und sieht mir in die Augen, »er hat die Schule geschmissen. Er hat das hier für mich im Lehrerzimmer abgegeben.« Wieder fuchtelt er mit dem Zettel herum. »Hat er dir nichts davon gesagt?« Ich schüttele den Kopf und spüre, wie mein Magen sich zusammenkrampft. Plötzlich will ich nicht mehr in die Klasse gehen, ich will nur weg, raus an die Luft, atmen. Greci sieht mich an und sagt: »Das tut mir leid.« Ich tue so, als ließe die Nachricht mich kalt, und starre durch die Fensterfront in den Hof. »Was sollte Ihnen denn leidtun? Wir sind noch nicht mal befreundet.« Meine Stimme zittert unmerklich. »Er ist nach Amsterdam gegangen«, sagt er. »Und du hattest wirklich keine Ahnung?« Ich schüttele den Kopf und zwinge mich, gleichgültig zu bleiben. »Ich muss jetzt los«, sagt er freundlich, »und du auch, es ist Zeit, in die Klasse zu gehen. Wenn du willst, können wir später weiterreden.« Ich nicke und kehre in meine Klasse zurück. Als mein Blick auf den leeren Tisch fällt, krampft sich mein Herz zusammen. Ich bin kurz davor, wegzulaufen, doch jetzt ist es zu spät. Langsam ziehe ich den Stuhl zurück und setze mich hin. Die erste Stunde bin ich wie versteinert, ich kann kaum die Bücher herausholen und ziehe erst nach einer ganzen Weile die Jacke aus. Es ist das zweite Mal, dass ich in dieser Zeit verlassen werde, in diesem Winter, der nicht enden zu wollen scheint. Erst jetzt wird mir klar, wie sehr ich jeden Morgen auf ihn gewartet habe, und auch wenn er nicht kam, wusste ich, dass er irgendwo war und früher oder später wieder auftauchen würde. Amsterdam ist ewig weit weg. Ich sehe auf die andere Hälfte des Tisches, und die Sehnsucht schnürt mir die Kehle zu. Ich meine, den Kältegeruch seiner Jacke zu riechen, sehe ihn vor mir, wie er über seinem Block sitzt und zeichnet. Ich strecke die Hand über den Tisch, als wollte ich nach seiner greifen. Wie viele Stunden hatte ich, um es wirklich zu tun? Wie viele Minuten? Jetzt ist es eine leere, lächerliche Geste.

Nicht einmal angerufen hast du mich, nicht einmal eine Nachricht geschickt. Verschwunden, einfach so. Ich hole das Handy raus und überlege, dass ich es tun könnte, doch wozu? Wenn er es mir hätte sagen wollen, hätte er es getan.

Auf der Heimfahrt mache ich einen riesigen Umweg und wünschte, er würde nie enden. Solange ich in Bewegung bleibe, ist alles leichter zu ertragen.

Eigentlich wollte ich es nicht, doch als ich nach Hause komme, kann ich nicht anders und rufe ihn an. Eine automatische Ansage setzt mich davon in Kenntnis, dass die Nummer nicht mehr vergeben ist. Noch nicht einmal ein Abschiedsgruß? Habe ich ihn so sehr enttäuscht? War wirklich nichts mehr zu retten? Er ist nicht wegen mir gegangen, es ist nicht meine Schuld, das weiß ich. Wieder einmal hast du es geschafft, mich zu überraschen, Caravaggio. Du hast die

Bühne wie ein Profi verlassen, kurz bevor der Vorhang fällt. *Chapeau.*

Nach und nach verschwindet in Zerolandia alles, bedeckt von weißem, endlos fallendem Schnee. In Zerolandia gibt es keine Jahreszeiten, keinen Frühling, sondern nur einen langen, stillen Winter, der jetzt zu Ende ist. Der Eingang ist verschlossen, die Gnome und Feen sind fort, der Zauber ist gebrochen, die Zeit abgelaufen, und uns hat es nie gegeben.

17. Februar

Nachmittags bin ich bei Gabrieles Eltern gewesen, doch eine Nachbarin hat mir gesagt, sie seien weggezogen. Wohin, weiß sie nicht, aber bestimmt nicht nach Amsterdam. Ich kann mir die Verzweiflung der Mutter vorstellen, weit weg von Gabriele. Was für ein harter Schlag für sie. Ich frage mich, ob er ihr gesagt hat, wo er hinwollte, ob sie miteinander geredet haben. Fragen über Fragen und keine Antwort.

War es wirklich nötig, sämtliche Spuren zu verwischen? Womöglich erschien dir ein Nicht-Ende für unsere Nicht-Beziehung am passendsten. Wer weiß, ob du ahntest, dass mich das so schwer treffen würde. Ist das die Strafe für meine Blindheit, dafür, dass ich dich irgendwie betrogen habe? Oder für was? Es hat nichts zu bedeuten, sage ich mir. So bist du eben, so bist du immer gewesen, ohne wirklich da zu sein, so wie ich. Wir sind uns begegnet, weil ich dir vor die Füße gefallen bin, und dann hat sich daraus etwas ergeben, das nie wirklich begonnen oder geendet hat. Doch jetzt fehlt mir Zerolandia.

Zu Hause bleibe ich die ganze Zeit in meinem Zimmer. Nonna glaubt, ich würde fürs Abi lernen. Umso besser. Angela und Claudia rufen mich häufig an, am Wochenende gehe ich für ein paar Tage zu Claudia. Wer weiß, vielleicht bist du ja wieder da, wenn ich zurückkomme.

7. März

Ich hätte nicht geglaubt, dass ich all diese Einsamkeit ertragen könnte, jetzt, da Gabriele nicht mehr da ist, aber tatsächlich bin ich sehr gut darin geworden. Seit über einem Monat bin ich nicht einmal mehr im Schwimmbad gewesen und verlasse das Haus nur, um zur Schule zu gehen. Ich bin keine Schwimmerin mehr, ich bin Akrobatin geworden, Tänzerin auf einem langen Seil aus immer gleichen Tagen, ohne jemals herunterzufallen. Ich halte die Augen stets geschlossen, die Leere ruft mich, doch ich habe keine Furcht.

Die einzigen Menschen, mit denen ich spreche, sind Angela und Claudia, und eigentlich könnte ich aufhören, ihnen Theater vorzuspielen, aber inzwischen bin ich so gut darin, dass ich es dennoch tue und immer sage, es gehe mir ein wenig besser, es gehe bergauf. Die Abwesenheit wird Gegenwart, die Leere wird erträglich, den Rest erledigt die Zeit.

Was wird aus den Menschen, die nicht mehr da sind? Das, was war, oder all das, was es nicht gab?

Wenn das Glück zurückkehrt, tue ich so, als wäre nichts

Wenn das Glück zurückkehrt, tue ich so, als wäre nichts. Ich werde so tun, als bemerkte ich es nicht, als könnte ich drauf verzichten, wäre zur Einsicht gekommen und fände mich ab. Wenn das Glück zurückkehrt, rede ich nicht mit ihm. Ich werde einfach so tun, als sähe ich es nicht. Genau wie damals, wenn ich lernte und dich in deinem Zimmer hörte, das leise Dudeln des Radios, und mich nicht drum scherte, weil ich glaubte, es bedeute nichts. Doch das war das Glück, und ich wusste es nicht.

In der Stille ist mir manchmal, als hörte ich etwas nebenan, dann halte ich inne und lausche. Ich lege das Ohr an die Wand und warte. Auf meiner Seite nur Leere, auf deiner nur Abwesenheit. Die ewigen Sieger. Mit der Macht der unsichtbaren Dinge löschen sie mich aus.

Wenn das Glück zurückkehrt, kann es meinetwegen schreien; inzwischen weiß ich Bescheid, es macht mir nichts vor.

Als ich klein war, brachtest du mich ins Bett und ließest die Tür angelehnt. Ich hörte Nonna leise fragen: »Ist sie eingeschlafen?«, und du antwortetest: »Ja, sie war müde. Sie hat heute pausenlos gespielt. Wenn es morgen schön ist, gehe ich mit ihr in den Park.« Ich fahre mit ihr ans Meer, ich nehme sie mit. Bis ans Ende der Welt. Immer. Für immer. Stimmen aus dem Nebenzimmer. Und dann schlief ich ein. Das Glück war kein Schrei, sondern ein sachtes Murmeln.

Stimmen aus dem Nebenzimmer. Das darf ich nicht vergessen, auch wenn ich weiß, dass nichts mehr so sein wird, wie es war, nichts kehrt wieder. Jenes gedämpfte Flüstern ist alles Glück, was ich kenne.

23. März

Als ich aus der Schule komme, liegt auf dem Bord im Eingang ein Umschlag für mich. Holländische Briefmarke. Ich habe nicht den Mut, ihn zu öffnen. Ich stürze in mein Zimmer, rufe meiner Großmutter zu, dass ich keinen Hunger habe, setze mich, ohne die Jacke auszuziehen, aufs Bett und halte den Umschlag auf den Knien, als wäre er aus Glas. Ich öffne ihn ganz vorsichtig, um ihn nicht kaputtzumachen, und rede mir ein, je behutsamer ich bin, desto wertvoller ist sein Inhalt. Eine Zeichnung ist darin: Ich, am Strand, hinter mir das Meer und über dem Horizont graue Wolken. Die Zeichnung zeigt mich von vorn, mein Blick ist auf jemanden oder etwas vor mir gerichtet. Jetzt fällt es mir ein: auf dich. Ich lächele ganz leicht, ein paar Haarsträhnen sind mir ins Gesicht gefallen, und ich sehe ein bisschen schüchtern aus. Habe ich dich so angesehen? Ich drehe das Blatt um, doch es steht nichts drauf, nicht einmal eine Adresse oder Telefonnummer. Nichts. Doch du hast es signiert. Zero steht da, nicht Gabriele, nicht das, was du bist, sondern das, wofür dich alle gehalten haben. Ich sehe mir den Umschlag genauer an, doch da ist nur meine Anschrift. Du verstehst es, deine Spuren zu verwischen. Trotzdem bin ich glücklich, glücklich, dass du irgendwo bist, an mich denkst und mich noch vor dir siehst. An diesen Tag am Strand kann ich mich noch genau erinnern, der Himmel war genauso bleischwer wie heute. Unser erstes Date, aber damals wusste ich das noch nicht. Jetzt weiß ich es. Als wir uns geküsst haben, hast du nach Rauch geschmeckt. Danach haben wir bei Petrit Karten gespielt. Jetzt bin ich glücklich, weil ich weiß, dass du einen Moment lang an mich gedacht hast, um diese Zeichnung zu machen.

Weißt du, dass Giovanni geflogen ist? Er hat an all seine Freunde Handyfotos von einem nackten, betrunkenen Mädchen aus der Elf herumgeschickt. Es war die Tochter von Richter Ravelli. Als sie dahintergekommen ist, hat sie es ihren Eltern erzählt, die schnurstracks zum Direktor gegangen sind. Giovanni hat eine Anzeige gekriegt und ist von der Schule geflogen. Diesmal kommt er nicht so leicht davon.

Ich habe angefangen, fürs Abi zu lernen, aber ich habe keine Lust. In der Schule rede ich mit niemandem mehr, unser Tisch gehört noch immer uns allein.

Mit wem rede ich da eigentlich? Während ich dir all das erzähle, merke ich, dass ich noch immer reglos auf dem Bett sitze. Ich betrachte deine Zeichnung und erzähle dir ein bisschen von mir. Dann halte ich inne, schließe die Augen und versuche mich an deine Stimme, dein Gesicht zu erinnern. Weißt du, an was ich mich am besten erinnere? Wie du nach dem Rauchen die Zigarette auf den Boden wirfst, mit dem Fuß austrittst und dann die Hände in die Taschen steckst; das Kinn in der Jacke vergraben, hast du die Welt um dich herum gemustert, und deinen Augen war anzusehen, was davon du später zu Papier bringen würdest.

Ich lege die Zeichnung auf den Schreibtisch und lächele meiner Mutter zu, die mich aus dem Silberrahmen auf der Kommode ansieht. Dann stehe ich auf, gehe zum Fenster und schiebe die Gardine zur Seite. Die Luft ist heute so grau und dünn, als wäre ein neuer Winter angebrochen, dabei ist seit zwei Tagen Frühling. Ich atme tief ein und denke, dass du mich nicht vergessen, nicht ausradiert hast. Seit heute ist Frühling.

10. April

Letzte Woche hat die Nachbarin ihren Rasenmäher zurückhaben wollen. Vergangenen Sommer hatte sie ihn uns geliehen, und wir haben vergessen, ihn zurückzugeben. Aus Rücksichtnahme hat sie nie danach gefragt, und als sie schließlich doch herübergekommen ist, hat sie ein entschuldigendes Gesicht gemacht, als wollte sie nicht stören. Nonna und ich sind in die Garage hinuntergegangen und haben angefangen zu suchen. Wir haben alles zur Seite geschoben, was sich mit der Zeit angesammelt hatte. Nonna hat eine Plastikplane hochgehoben, sich heruntergebeugt und die Hand vor den Mund geschlagen. Zuerst dachte ich, sie fühlte sich nicht wohl oder würde gleich in Tränen ausbrechen, doch zu meinem Erstaunen hörte ich sie lachen. Ich habe nachgeschaut, was sie plötzlich so amüsierte, doch da standen nur ein paar ausrangierte Farbtöpfe und zwei Rollen Tapete. »Was ist?«, habe ich lächelnd gefragt. »Nichts, nicht der Rede wert.« Doch dann fing sie an zu erzählen. Als ich noch ganz klein war, hatte sich meine Mutter in den Kopf gesetzt, mein Zimmer selbst zu tapezieren. Sie hatte alles Nötige besorgt und dazu ein Handbuch, wo genau drinstand, wie es ging. Als meine Großmutter zwei Tage später das Zimmer betrat, hingen die Tapetenbahnen wie lange Hundezungen von den Wänden. Während sie und meine Mutter die Katastrophe betrachteten, war die Putzfrau hereingekommen, neugierig, was es mit den ratlosen, enttäuschten Ausrufen auf sich hatte, und stieß dabei gegen den Tapetentisch, der mitsamt der noch offenen Leimtöpfe umfiel. Entnervt und mit den Kräften am Ende, war meine Mutter wie eine Furie durchs Zimmer getobt und hatte jede einzelne Tapetenbahn wieder heruntergerissen, und meine Großeltern hatten belustigt zugesehen. Nonna lachte Tränen. »Entschuldige, Ale, entschuldige ... Das ist schon seltsam.« Sie wischte sich die Augen, doch man sah, dass sie guter Dinge war und die Erinnerung ihr nicht wehgetan hatte, im Gegenteil.

Doch das ist noch nicht alles. Letzte Woche hat es die ganze Zeit geregnet. Rosa hatte das Fenster in Mamas Zimmer geöffnet und dann vergessen, es wieder zu schließen. Am späten Nachmittag hörte ich das Fenster klappern und bin rübergegangen. Die Gardine wehte sanft im Luftzug, und ein leichter Regen fiel herein und glitzerte im goldenen Licht, das durch das offene Fenster drang. Ich wollte hingehen und es zumachen, doch dann blieb ich stehen. Die Luft war frisch und trug den herben Geruch des Meeres mit sich. Ein paar Minuten lang stand ich da, lauschte dem leisen Rascheln der wehenden Gardine und spürte, wie die hereinströmende Luft jeden Gegenstand umspielte, als hätte alles wieder zu atmen begonnen.

Das Merkwürdigste aber geschah zwei Tage später. Es war Freitag, ich kam gerade aus der Schule. Als ich die Tür aufmachte, kam Nonna mir aus der Küche entgegen und drückte mir den Magritte-Schirm in die Hand. »Den hat jemand zurückgebracht.« Sie machte dabei ein seltsam verschwörerisches Gesicht, als hätte sie mir ein Geheimnis verraten. Der Schirm mit den Magritte-Wolken war das Werbegeschenk einer Buchhandlung gewesen, das man für den Kauf einer bestimmten Anzahl von Büchern bekommen hatte, und da er uns allen gleichermaßen gefiel, hatten wir uns ständig darum gerissen. Meine Mutter gab ihn mir nicht – Den verlierst du sowieso nur –, meine Großmutter nahm ihn meiner Mutter weg – Wozu brauchst du einen Schirm, du hast ja die Kapuze –, und ich versteckte ihn und hoffte, sie würden ihn vergessen – Wolken sind schließlich nichts für alte Leute. Eines Tages war der Schirm tatsächlich verschwunden, und jede beschuldigte die andere, nicht drauf aufgepasst zu haben. Bis letzte Woche, als plötzlich eine junge Frau vor unserer Tür stand und ihn zurückbrachte. Meine Mutter habe ihr geholfen, eine Wohnung zu finden, und weil sie so nett gewesen sei, habe sie sie nach dem Wohnungskauf gebeten, auf einen Kaffee in ihrem Garten vorbeizukommen. An dem Tag hatte Mama den Schirm bei der jungen Frau vergessen, der dann irgendwie in einem Karton auf ihrem Dachboden gelandet war. Vor einem Monat hatte die junge Frau ihn wiedergefunden, und als ihr wieder einfiel, wem er gehörte, war sie schnurstracks zur Agentur gegangen, wo sie von unserem Unglück erfahren hatte. Tagelang hatte sie überlegt und dann beschlossen, ihn zurückzubringen. Den ganzen Winter über hatte keine von uns mehr an den Schirm gedacht, selbst ich nicht. Ich habe lange nachgegrübelt und weiß nicht, was ich davon halten soll.

Vielleicht kommt der Moment, in dem alles Risse bekommt und langsam aufbricht: meine Großmutter, die lachend in der Garage steht; der Regen in deinem Zimmer; ein verloren geglaubter Gegenstand, der plötzlich wieder auftaucht.

Und selbst du wirst am Ende zu etwas anderem, doch irgendwie Richtigerem: Nicht mehr der zehrende, schmerzliche

Gedanke, sondern das Unverhoffte, das uns überrascht und befreit.

Den Schirm haben wir nicht in dein Zimmer gestellt, er prangt gut sichtbar in der Diele neben der Wohnungstür. Da steht er und strahlt etwas aus, das wir nicht mehr zu sehen vermochten.

28. April

Ich fürchtete schon, du würdest mir nicht mehr schreiben (oder eher zeichnen). Doch heute ist ein weiterer Umschlag aus van Goghs Heimat gekommen. Übrigens, warst du in seinem Museum?

Behutsam wie beim ersten Mal öffne ich ihn: noch eine Zeichnung. Doch diesmal bist auch du darauf. Ich und du, nachts auf deinem Roller. Im Hintergrund wieder das Meer. Das ist die Nacht vom Mouse, stimmt's? Es war schön, sich gerettet zu fühlen, sicher und gerettet. Seit meiner Mutter hat mir niemand mehr dieses Gefühl gegeben. Bereits in jener Nacht ist mir vieles über dich klar geworden, doch ich wollte es nicht wahrhaben, ich glaubte, es wäre nicht wichtig und reiner Zufall. Wie lange sind wir herumgefahren? Du musst ganz schön gefroren haben, doch es war dir egal.

Jetzt frage ich mich, wieso ich, statt mich darüber zu beschweren, dass du nie etwas sagst, nicht von mir erzählt habe, von meiner Mutter, von den Dingen, die mir Angst machten. Du warst auch der einzige Freund, den ich hatte, doch das habe ich nicht gleich begriffen. Wie dumm von mir.

Weißt du, warum ich mit Giovanni ausgegangen bin? Weil ich unserer Beziehung nicht traute, es sah gar nicht nach einer richtigen Beziehung aus. Was sollte ich denn tun? Wenn ich die Gelegenheit gehabt hätte, wenn du nicht immer nach deinem eigenen Kopf gehandelt hättest und nicht fortgegangen wärst, hätte ich es dir erklärt.

Und was machst du jetzt? Arbeitest du? Bist du tatsächlich Maurer geworden? Ich muss grinsen, wenn ich daran denke, denn ich weiß, dass selbst du nicht daran geglaubt hast, sosehr du auch darauf bestanden hast, nichts anderes machen zu wollen.

Ich lege die zweite Zeichnung in eine hellblaue Mappe, die ich eigens dafür gekauft habe. Vergeblich versuche ich, mir dich in dieser unbekannten Stadt vorzustellen. Ich lege die Zeichnungen nebeneinander und betrachte sie. Deine Worte sind hier, in diesen Strichen auf dem Papier. Sie sind für mich, aber vor allem für dich. Es war richtig von dir, zu gehen, wenn es das ist, was du wolltest. Aus der Ferne lassen sich die Dinge vielleicht besser begreifen. Weißt du noch, was man von den Pärchen sagt, die sich beim Schulfest bilden? Ich kläre dich auf: Wir sind Schnee von gestern. Schade, hätte es zwischen uns gehalten, wir hätten die Ausnahme von der Regel sein können.

Jetzt muss ich lernen. Ciao, Zero.

Deine Zeta

30. Mai

Eine Zeichnung im Monat. So ist das, jetzt hab ich's begriffen. Diese hier ist wirklich irre: Du und ich an unserem Tisch, frontal, amerikanische Einstellung, könnte man sagen. Du siehst wie immer Richtung Fenster, und ich schaue geradeaus, womöglich folge ich dem Unterricht, denn ich mache ein ganz konzentriertes Gesicht. Du hingegen runzelst die Stirn und guckst grimmig. Der Rest der Klasse ist nur flüchtig angedeutet, eine Wolke aus Linien und Kringeln. Der Rest zählt nicht, das Einzige, was deutlich ist, sind du und ich. Ich muss lächeln, Sehnsucht nach Zerolandia, die verlorene Heimat. Dorthin habe ich mich geflüchtet, dort bin ich gestrandet, als ich glaubte, etwas tun und der Welt zeigen zu müssen, dass sich in meinem Leben alles für immer verändert hatte. Und da warst du, der König eines leeren Reiches. Fehlt dir Zerolandia?

Wir warten auf dich, weißt du? Wer denn bitte, wirst du dich fragen. Alle. Die Spuren, die du am Platz hinterlassen hast, die Kaugummis, die unter der Tischkante kleben, die abgenutzte Tischplatte, das Fenster, aus dem nur du schautest, der leere Stuhl. Es stimmt nicht, dass nur Menschen an Sehnsucht leiden, die Dinge tun es auch. Ich sehe es den Dingen an, die meine Mutter zurückgelassen hat, jedes Mal, wenn ich sacht ihr Zimmer betrete. Alles ist dort und wartet und will es einfach nicht fassen, genau wie ich. Kleine, trotzige Gegenstände. Und dann bin da ich. Ich lausche deiner Abwesenheit, und sie erzählt mir von dir, erinnert mich an Details, ruft mir die

Kleinigkeiten ins Gedächtnis: wie deine Hand über dem Papier verharrte, ehe du zu zeichnen anfingst; dein aus dem Augenwinkel gemustertes Profil; dein als tiefer Atemzug getarntes Schnauben, wenn du genervt warst. Solche Sachen: nichts Besonderes, nichts, was man ernsthaft jemandem schildern könnte.

Übrigens gibt es bei mir was Neues. Diesen Sommer nach dem Abi fahre ich mit Angela nach Griechenland zum Segeln. Schön, nicht wahr? Und ich habe beschlossen, mich für Mathe einzuschreiben, Zahlen habe ich schon immer gemocht, sie haben etwas Beruhigendes. Das mit Griechenland hast du mir in den Kopf gesetzt, du und meine Mutter. Mit ihr kann ich nicht hin, weil sie tot ist, und mit dir nicht, weil du verschwunden bist. Wem soll ich nach meiner Rückkehr davon erzählen?

3. Juli

Am Tag der mündlichen Prüfungen trage ich einen knielangen blauen Rock, ein weißes T-Shirt und einen Pferdeschwanz und sehe aus wie bei meiner eigenen Kommunion. Mit klopfendem Herzen nehme ich vor der Prüfungskommission Platz. Ich höre, wie ich von Zola, Verga und dem Verismus rede, von Capuana und dem Positivismus. Alle nicken ernst und hören aufmerksam zu. Als ich fertig bin, kommen ein paar Fragen zu Geschichte und Literatur. Gerade fange ich an, mich zu entspannen, da ist die Prüfung auch schon vorbei.

Draußen warten Claudia, Angela, Großmutter und meine Klassenkameraden, die mich mit Fragen bestürmen. Plötzlich sind es wieder meine Klassenkameraden, ausnahmslos. Ich lasse mich von Ilaria und Sonia umarmen. Sonia strahlt mich an, und vergessen sind die monatelangen Missverständnisse, Verstimmungen und Jungensquerelen.

Ich fühle mich komisch und irgendwie ein bisschen verloren: jetzt, da die Schule vorbei ist, wird mir klar, wie beruhigend es war, jeden Tag hinzugehen und an nichts anderes denken zu müssen. Vielleicht kam Gabriele nur deshalb hierher, weil er dann nichts zu entscheiden brauchte und so tun konnte, als müsste er etwas zu Ende bringen. Deshalb ist er weggegangen: Nicht weil ihn das Abi nicht interessierte, sondern weil er eine Entscheidung treffen und seinen Weg finden musste. Wer weiß, ob ihm das gelungen ist, seit zwei Monaten ist die übliche Zeichnung ausgeblieben, vielleicht war die letzte wirklich die letzte, ein Abschiedsgeschenk, und ich habe es nicht begriffen. Zum Glück blieb mir im ganzen Abistress nicht viel Zeit, darüber nachzudenken. Besser so.

Nonna umarmt mich mit Tränen in den Augen, wir beide wissen, warum. Gestern bin ich auf dem Friedhof gewesen und habe ihr wunderschöne Margeriten gebracht. Als ich heute früh das Haus verließ, habe ich ihrem Foto an der Tür auf Wiedersehen gesagt, und als ich mich in die Prüfung setzte, galt mein erster Gedanke ihr.

Claudia und Angela machen vor der Schule Fotos von mir mit meinen Freunden, dann fotografiere ich sie zusammen mit Nonna, und einen Moment lang sind wir alle glücklich. Nachher, als wir auf dem Weg zum Restaurant im Auto sitzen, herrscht ein paar Minuten lang Schweigen wie jedes Mal, wenn wir zusammen sind und fast gleichzeitig darüber nachdenken, was du wohl getan und gesagt hättest. Keine gibt es zu, aber das ist auch nicht nötig, und inzwischen mag ich es. Zu leiden ist auch eine Art, dich zu lieben, und jetzt weiß ich, wie sehr ich dich geliebt habe, ich weiß es, wenn ich mich so fühle wie jetzt. Vielleicht ist das ein blöder Gedanke, aber manchmal glaube ich, vom Glück lernt man nichts.

Heute allerdings wären wir alle glücklich oder besser superglücklich gewesen. Wir hätten auf den Putz gehauen, bis sich uns der Kopf dreht. Du, Claudia und Angela hättet euch im Restaurant einen Schwips angetrunken, und Nonna hätte wie immer ruhig danebengesessen und eure Fröhlichkeit genossen. Ich hätte diesen Augenblick wie ein Glücksversprechen in mich aufgesogen. An Gabriele hätte ich vielleicht noch nicht einmal gedacht, denn wenn alles anders gekommen wäre, hätte ich ihn womöglich gar nicht kennengelernt.

Im Restaurant erzählt mir Angela, Griechenland sei gebongt, im August gehe es los. Und dann packe ich die Geschenke aus. Angela hat mir ein iPad geschenkt, Claudia eine Gucci-Tasche – die brauchst du, wenn du zur Uni gehst – und Nonna ein Bettelarmband. »Das hatte mir deine Mutter aufgetragen«, sagt sie, und zwei verstohlene Tränen laufen ihr übers Gesicht, doch diesmal macht sie keine Anstalten, sie wegzuwischen. Ich stehe auf, um sie zu umarmen, und wir halten uns so lange fest, bis ich sicher bin, dass ich meine Tränen im Griff habe.

27. Juli

Als ich vom Meer nach Hause komme, liegt dein Umschlag da. Ausgerechnet jetzt, wo ich ein bisschen weniger an dich gedacht und mich damit abgefunden hatte, dich nicht wiederzusehen. Ich weiß nicht, weshalb ich manchmal so eine Eile habe, dich zu vergessen, und dann, sobald mich doch noch etwas von dir erreicht, merke ich, wie dumm es wäre, wenn ich es tatsächlich täte.

Ich stelle die Badetasche in der Diele ab und gehe auf die Terrasse. Nonna ist gerade nicht da. Beim Öffnen bin ich nicht mehr aufgeregt wie die ersten Male, auch wenn ich unwillkürlich lächeln musste, als ich den Umschlag sah. Diesmal sind zwei Blätter drin. Ich ziehe erst eines heraus, dann ist die Überraschung doppelt.

Ich betrachte die erste Zeichnung und blicke auf, um meine Erregung zu fassen. Draußen bewegt sich der Wipfel der Buche im Wind, der Himmel ist tiefblau, die Luft riecht nach Sommer. Die Zeichnung ist ein Porträt meiner Mutter, heiter lächelt sie mich an. Ich betrachte sie lange, ehe ich tief durchatme. Dann stehe ich auf, gehe in ihr Zimmer, öffne die Fenster und lasse die Luft herein, setze mich aufs Bett und betrachte die Zeichnung erneut. Sie ist wunderschön. Ihr Blick ist so lebendig und intensiv, als sähe sie mich tatsächlich an. Für einen kurzen Augenblick bist du wieder hier bei mir, in diesem aus der Zeit gefallenen Moment. Ich spüre, wie du zugleich abwesend und gegenwärtig bist, während ich für eine kleine Ewigkeit reglos dasitze und mich dieser Empfindung, diesem stillen, schmerzlichen Glück hingebe.

Das einzige Foto meiner Mutter, das du hast sehen können, ist das auf dem Grabstein, doch du hast es nicht einfach abgemalt. Du hast es nachempfunden, für mich. Wieso? Ist das dein Geschenk?

Ich gehe wieder auf die Terrasse und ziehe die andere Zeichnung heraus. Darauf bist du in einem Zimmer, womöglich in dem, wo du jetzt lebst. Du sitzt auf dem Bett und siehst aus dem offenen Fenster. Ein bisschen so wie ich jetzt. Es ist schön, dass du mich nicht vergisst.

Gerade will ich die Zeichnungen wieder in den Umschlag stecken, da sehe ich, dass hinten auf der zweiten etwas draufsteht: eine Adresse mit Telefonnummer.

Mein Herz fängt heftig an zu schlagen: War es das, was ich wollte? Ich habe versucht, nicht an dich zu denken, weil ich mich nicht nach dir sehnen wollte. Ich gehe nach nebenan, krame mein Handy aus der Badetasche, kehre zurück und bereite mich vor: Ich setze mich und überlege, was ich dir sagen will, auch wenn ich sowieso alles durcheinanderbringen werde, sobald ich deine Stimme höre. Ich wähle die Nummer. Es klingelt einmal, zweimal, dreimal. Dann deine Stimme.

»Ciao«, sagt Gabriele am anderen Ende der Leitung.

»Ciao«, sage ich und lächele.

Schweigen.

»Die Zeichnung meiner Mutter ist schön«, sage ich bewegt.

Am anderen Ende herrscht Schweigen.

»Hallo?«

»Ja, ich bin da. Deine Mutter war schön.«

»Ja«, sage ich nur und warte.

Wieder endloses Schweigen.

»Die Schule ist also vorbei«, sagt er, und ich merke, dass er auch aufgeregt ist.

»Ja, endlich. Ich hatte die Nase gestrichen voll.« Ich lächle nervös.

»Arbeitest du?«, frage ich.

»Nicht mehr. Zur Zeit machen wir Pause.«

Schweigen. Nur Schweigen.

»Ich denke oft an dich«, sagt er, als wäre das ein Problem, das er nicht in den Griff bekommt.

»Ich auch«, sage ich und lächle glücklich, weil er wieder da ist.

7. August

Morgen kommt Gabriele zurück und dann, wer weiß. Ich weiß nicht einmal, wie lange er bleibt. Wir werden sehen. Ich habe Angela gesagt, dass ich nicht mit nach Griechenland fahre. Ich will abwarten, was passiert. In Wirklichkeit will ich mit ihm hinfahren.

Gestern bin ich am Meer gewesen. Der Himmel sah nach Unwetter aus, und es ging ein heftiger Wind.

Ich musste an dich denken, an einen Tag wie vor tausend Jahren.

Jener Tag am Meer kommt mir vor, als wäre er gestern gewesen. Ich war noch sehr klein, höchstens vier oder fünf. Das Wetter war wechselhaft, nachts hatte es geregnet, aber wir fuhren trotzdem, zusammen mit der Nachbarin und ihren Kindern. Das Meer war aufgewühlt, ich kann mich noch genau daran erinnern, und auch an den Wind im Gesicht und den herben Geruch in der Luft.

Ich sehe noch vor mir, wie du im Liegestuhl sitzt und ich schmollend im Sand spiele, weil ich nicht wie die anderen Kinder ans Wasser gehen durfte.

Der leere Strand kam mir so riesig vor. Eine schräge, sandige Fläche, Himmel und Wasser, Unendlichkeit.

Irgendwann fing ich an zu weinen: vielleicht hatte ich mir wehgetan oder Sand in die Augen gekriegt?

Du nahmst mich auf den Arm, und wir gingen am Wasser entlang, ich an dich geklammert wie an einen Baum, Herz an Herz. Ab und zu sagtest du etwas zu mir oder gabst mir einen Kuss auf die Wange.

Hin und wieder spürte ich die Sonne auf der Haut, die sich aus den zerzausten Wolken befreite. Dazu den Wind und deine Worte. Was hast du zu mir gesagt? Was hast du mir erzählt? Wenn ich mich nur an alles erinnern könnte.

In jener Zeit waren wir unsterblich. Das Leben erschien uns so lang.

Ich spürte die Sonne und den Wind und deine Worte auf der Haut, und nichts anderes zählte.